마음을
알아주는
마음

마음을
알아주는
마음

김지호 에세이

언어치료사가 만난,
우리가 잊은
아이들의 마음

은행나무

❧

말이 되지 못한 마음들

아침에 버스를 기다리면서 정류장 뒤편 공터를 한참 바라보았다. 우체국과 경계를 이룬 직사각형의 맨땅에는 이름 모를 풀들이 듬성듬성 자라고 있었다. 바람은 살랑살랑 불고 흰나비 한 마리가 멈추었다 날아오르기를 반복했다. 그 모습이 어찌나 평화롭고 아름답던지 그만 버스를 놓칠 뻔했다. 자리에 올라 목적지로 향하는 내내 그 자리에 아무것도 지어지지 않았으면 좋겠다고 생각했다. 그건 내가 아이들을 만나고 헤어질 때마다 느꼈던 감정에 가까웠다. 이 아이들의 마음이 지켜지기를. 온전히 자기만의 영토로 남아 있기를 바랐던 적이 많았다.

나는 언어발달 장애가 있는 아이들의 의사소통 기능을 증진하는 일을 한다. 그래서 이 아이는 무얼 못하는지, 무얼 어려워하는지, 또래에 비해 어떤 점이 부족한지를 파악한다. 어떤 아이는 어휘력이 부족해서 나이에 걸맞지 않게 엄마, 아빠 같은 단어만 겨우 말하고 또 어떤 아이는 구문 지식이 부족해 조사와 어미를 쓰는 것이 영 어색하다. 담화 능력이 발달할 나이임에도 뜨문뜨문 단어로만 말하는 아이들, 발음이 안 좋은 아이들, 대화 기술이 부족해 엉뚱한 답을 내놓는 아이들도 있다. 아이들의 결함을 확인하는 순간 내 머릿속에는 앞으로 해나가야 할 일들이 떠오른다. 그림 카드로 어휘 익히기, 동사·형용사 배우기, 문법 요소 이해하기, 담화 기술 익히기, 발음 연습… 그러다 보면 내가 아이들의 결함 속에서 살아가고 있음을 새삼 깨닫는다.

　장애는 언어의 영역에 한정되지 않는다. 몸이 불편하거나 논리적 사고가 어렵거나 다른 사람과 함께 지내는 데 어려움이 있을 수 있다. 장애가 있는 아이들을 만나면서 이들이 하지 못하지만 내가 할 수 있는 것들에 대해 생각한다. 언젠가는 이들도 스스로 하게 되기를 기대하며, 따라 하면서 배울 수 있는 것들을 알려준다. 집에 돌아온 밤에는 '할 수 없는 것'들로 이루어진 꿈을 꾼다. 왜 누군가는 무언가를 할 수 없게 태어났을까. 장애인은 할 수 있지만 비장애인은 할 수 없는 것도 많은데, 그럼에도 세상은 왜 아무런 결함도 없는 완벽한 세계처럼 느껴질까.

잘하지 못하는 아이들을 오래 만나다 보면 잘하는 것과 못하는 것의 차이에 무관심해진다. 치료실에서 나를 기다리던 아이가 손을 흔들며 웃는다. 그런 아이를 보면 그가 평소 의미 있는 말소리를 내지 못한다는 사실을 잊는다. 우리가 하고 있는 일들이, 치료실 밖 사람들이 매일 하고 있는 일과 크게 다르지 않다고 느껴진다. 세상 사람들이 수없이 많은 말을 나누며 열심히 일하는 동안에도, 우리가 말없이 그림카드를 주고받을 때도 시간은 영원처럼 흐른다.

사람들은 차이에 예민하다. 나와 다른 언어를 쓰거나 생긴 모습이 다르면 거리를 둔다. 낯선 존재에 대한 두려움 때문이다. 그래서 우리가 서로 다르더라도 잘 지낼 수 있다는 믿음이 생기는 순간 차이가 만든 거리도 사라진다. 한편 차이는 서로 차이가 없다고 생각하는 사람들을 하나로 묶는다. 그래서 안전을 핑계로, 사실은 이익을 위해 '차이 나는' 사람을 혐오하면서 결속을 다진다. 장애인 차별에는 차이에 기반한 오래된 혐오가 있다.

언어장애를 가진 아이들과 오래 만나면서 우리가 말을 허비하고 있음을, 말로 마음을 가리고 있음을 알았다. 그래서 말하는 데 어려움이 없는 어른들도 똑같이 외롭고 슬프고 답답하다는 것도 알았다. 그런 어른들에게는 정말 하고 싶은 말을 하는 연습이 필요하다.

이 책에 등장하는 아이들은 저마다 사연이 있다. 하나같이 언어장애로 생긴 일이다. 그들의 이야기를 적으면서 가족에 대해 생각했다. 하고 싶은 말을 하지 못하는 그들이 가슴에 품은 말은 한결같이 '사랑'이었다. 아이들은 사랑한다는 말을 듣는 것만큼이나 자기를 돌보고 아끼는 사람에게 사랑한다고 말하고 싶어 했다.

이 글을 쓰면서 개인과 개인 사이의 공백, 말과 차이에 대해 생각했다. 그리고 차이로 쌓아 올린 장벽을 허무는 것은 다름 아닌 타인을 바라보는 관대한 시선임을 다시 한번 느꼈다. 갖은 어려움을 무릅쓰고 그런 일을 해낸 아이들과 그 가족분들께 깊은 고마움을 느낀다. 그들이 이룬 성취 덕분에 우리가 사는 세상이 더 성숙해지리라 생각한다.

마지막으로, 부끄러움을 감수하며 써내려간 문장들을 처음으로 읽어준 한재현 편집자와 부족한 글을 한 권의 책으로 만들어준 은행나무출판사께 감사의 뜻을 전한다.

차례

1부

기다리는 마음은
결코 틀리지 않아

❧

행복을 그리는 말

"조심조심. 손잡고 내려가자."

엘리베이터를 타면 편하겠지만 걸음이 서투른 아이를 위해 걷는 연습을 한다. 아이는 중심을 잡으려고 애쓰며 한 걸음 한 걸음 내딛다가 자꾸 나를 돌아보며 환하게 웃는다. 아이의 웃는 얼굴을 계속 보고 싶지만, 위험하니 발아래를 보라고 타이른다. 계단을 내려가 공동 현관문을 통과하기까지의 시간은 무척이나 길게 느껴진다.

마침내 아파트 앞 놀이터에 도착한다. 철이가 가장 좋아하는 놀이기구는 회전무대(일명 '뺑뺑이')다. 그 위에 올라가 앉으면 눈앞에 세상이 휙휙 지나간다. 태어나서 한 번도 뛰어본 적이 없는 아이로서는 신세계나 다름없다.

철이는 소리는 낼 수 있으나 의미 있는 낱말이나 문장을 말할 수 없다. 과일과 탈것 등을 구분할 만큼의 어휘를 알지만 초등학교 입학을 앞둔 철이의 생활연령* 수준과는 차이가 무척 크다. 나와 철이의 오늘 할 일은 '낱말에 가까운 소리 내기'다.

"철아, 이거 봐라? 새순이 돋았어!"

철이는 늘 "바" 혹은 "읍바"라고 호응한다. 관목 앞에 떨어진 이파리 하나를 주워 손바닥에 올린다. 철이가 약한 숨을 내쉬며 불어보지만 그것은 돌덩어리처럼 꿈쩍 않는다.

"같이 해볼까?"

옆에서 내가 생일 케이크에 꽂힌 촛불을 끄듯이 "후~" 하고 바람을 보탠다. 그러자 나뭇잎은 날개라도 달린 것처럼 달아나 눈앞에서 사라진다.

'불기'는 말 표현을 위한 준비 운동이다. 잘 부는 아이들은 낱말을 입안에 담고 있는 것이나 마찬가지다. 이제 혀와 입술, 턱을 움직이면 공기가 마법처럼 말이 되어 흘러나온다. 우리는 부스러진 낙엽이나 땅에 떨어진 꽃잎을 손 위에 올리

*　래어난 시점을 기준으로 하는 나이.

고 후후 불었다. 추운 날에는 집에서 잘게 오린 색종이를 "푸-" 하고 불어서 산산이 흩어지게 하거나 빨대를 물고 컵에 담긴 물에 오글오글 거품이 솟아오르게 하는 연습을 했다.

햇살이 좋은 날에는 벤치에 나란히 앉아 그네, 뺑뺑이, 시소, 구름다리 등 눈에 보이는 사물의 첫음절을 연습하면서 시간을 보냈다. 비가 오는 날이면 물웅덩이 앞에 쪼그리고 앉아 손을 적셔보거나 비에 젖은 철제 울타리를 만져보았다. 차갑다, 단단하다, 미끄럽다, 젖다와 같은 말을 감각으로 경험했다.

철이는 그럴 때면 '너도 좋아?'라고 말하는 듯한 표정으로 내 얼굴을 살폈고 나는 아주 큰 소리로 "좋아요!"라고 말했다. 치료사로서 아이들을 만나면서 아이들이 내게 하고 싶다고 짐작하는 말을 대신하는 버릇이 생겼다. 사실은 내가 듣고 싶은 말이면서.

지금 철이를 돌보는 고모님 말씀으로는 출산할 때 사고가 있었다고 한다. 구체적인 사정은 듣지 못했지만 그 일이 철이의 장애에 직접적인 영향을 미쳤음이 분명해 보였다.

"그 후로 동생 내외는 헤어졌답니다. 동생이 돈을 벌러 지방에 가 있는 동안 제가 잠시 데리고 있는 중이에요. 자기 앞가림도 힘든 동생이 철이를 제대로 키울 수 있을지 걱정되기도 해서요.”

잠시라고는 했지만 고모님이 철이를 보살핀 지 벌써 7년이 넘었다. 나는 철이가 언어뿐만이 아니라 신체적·인지적 발달이 지체되어 있으니 다른 치료 수업도 병행하시면 좋겠다고 말씀드렸다.

“그런 게 있었어요?”

기관에서 지원하는 장애아동 대상 재활 서비스를 안내하자 고모님은 깜짝 놀라셨다. 예전에는 장애를 갖고 태어나면 남들 보이지 않는 곳에서 조용히 누워 지내는 경우도 많았어서 국가 지원이 있는지 모르는 분들이 많았다. 문제는 철이를 치료실까지 데려갔다 오는 일이었다. 활동보조 서비스를 받는다 해도 스케줄 관리는 온전히 보호자 몫이다.

“애 아빠가 하는 게 제일 좋겠지만… 제가 이런 경우가 처음이라 그런데, 선생님께서 한번 연락해실 수 있을까요?”

옆에서 듣고 있던 철이가 “읍바, 읍바” 한다.

“그래, 아빠. 철아, 아빠 보고 싶지? 한 번 더 말해볼까? 아.빠.”

고모님이 한결 부드러워진 표정으로 철이에게 말을 붙인다. 철이는 갓난아기처럼 웃으며 ‘읍. 바’ 하고 따라 한다. 나도 마음속으로 물었다. ‘좋아, 아빠가? 옆에 없는데도?’

철이는 입을 꼭 다물 수 없어 항상 침을 흘린다. 고모님은 철이의 턱과 목을 손수건으로 닦으며 "어유, 불쌍한 것" 하신다.

그 모습을 보는 마음은 안타깝기만 하다. 왜 철이는 보고 싶은 사람과 함께 있을 수 없는 걸까. 철이 아버지가 철이 옆에 있었으면 좋겠다.

❧

내가 초등학생일 무렵, 아버지는 가족을 위해 머나먼 나라로 떠나야 한다고 했다. 아버지가 떠나시던 날 우리는 공항으로 가는 택시 앞에서 아버지를 배웅했다. 엄마는 계속 울기만 했고 아버지는 내게 "엄마 말씀 잘 듣고"로 시작하는 당부의 말을 반복했다. 그 후로 나는 학교에서 장난을 치거나 숙제를 까먹거나 사소한 실수를 할 때마다 아버지의 당부를 떠올리며 자책하는 버릇이 생겼다. 멀리 떠난 아버지가 그리워서였겠지만 그때는 자기감정을 있는 그대로 받아들이는 법을 알지 못했다. 나는 뜨거운 사막에서 일하다 돌아온 아버지와 함께 지내면서도 아버지가 떠나는 순간을 잊지 못하며 자랐다. 이별의 순간은 왜 쉽게 지워지지 않는 것일까.

"철아, 너는 아니?"

나는 뺑뺑이를 휙휙 돌리면서 철이에게 물었다. 철이는 그럴 때면 나를 돌아보며 웃는다. 기분이 아주 좋을 때면 침을 더 많이 흘리지만 그런 철이의 얼굴을 보는 게 좋아서 뺑뺑이의 속도를 올린다. 봉을 꼭 붙잡은 철이는 계속 "읍바, 읍바"라고 말한다. 그러면 나는 다시 속으로 묻는다. '네가 읍바라고 말할 때 머릿속에 떠올리는 사람이 정말 네 아빠인지 나는 궁금해. 너는 아빠와 떨어져 지내면서 어떻게 아빠라는 말을 알고 있지? 고모님이 가르쳐준 거야?'

아이들은 감각적으로 확인할 수 있는 말을 먼저 배운다. '엄마'와 '아빠'도 그렇다. 어른들은 아이가 몸을 뒤집기도 전에, 배밀이를 하기도 전에 아이와 눈을 맞추며 "엄마, 엄마 해봐"라고 말한다. 그러면 아이는 손을 내민다. 이마와 귀를 만지고 코와 뺨을 더듬는다. '아, 이렇게 부드럽고 굴곡이 있으며 내 몸에서 나는 것과 비슷한 냄새가 나는 존재, 눈을 감았다 떠도 계속 거기에 있는 존재를 엄마라고 하는구나.' 언어를 매개로 아이의 말랑말랑한 뇌에는 감각과 '엄마'라는 존재를 연결하는 회로가 생긴다.

아이는 다시 한번 그 감각을 느끼기 위해 '엄마'라고 말하고 싶을 것이다. 그러나 아직 아이의 여린 기관들은 물리적으로 '엄마'를 구현할 만큼 성숙하지 않았다. 그건 수개월이 흐른 뒤에야 가능하다. 마침내 아이가 '엄마'라는 최초의 말을 입 밖으로 내보내면 보고 싶었던 존재가, 이번에는 깜짝 놀란 표정을 지으며 눈앞에 나타날 것이다.

"엄마? 방금 엄마라고 했어?"

최초의 말은 그래서 행복과 희열의 순간이다.

철이도 그랬을까. '읍바'라고 처음 말한 행복의 순간을 그리며 '읍바'라는 말을 입에 달고 사는 걸까. 그렇게 말하면 그 사람이 나타날 거라고 믿으니까? 보고 싶으니까?

❧

며칠 후 나는 철이 아버지와 직접 통화하기로 했다.

"안녕하세요. 철이 언어치료사입니다. 다름이 아니라, 현재 철이의 상황을 알려드리고 필요한 치료나 교육 등을 안내드리려고요."

"네. 말씀하세요."

사무적인 목소리다. 아이 문제로 받는 첫 상담 전화이니 긴장하고 있을지도 모를 일이다.

나는 철이가 신체 발달이 불완전하고 소근육 조절이 어려우니 감각통합 치료를 함께 진행하시는 게 좋겠다고 말씀드렸다. 복지관에 문의하시면 안내받을 수 있을 거라고. 다만 아버지는 지방에 계시고 고모님은 아이를 데리고 복지관 등에 다니기가 어려운 상황이니 먼저 주민자치센터에 연락해 활동지원 서비스를 신청하셔야 한다고. 철이와 진행하고 있는 수업 내용도 말씀드렸다. 공원에서 놀이기구를 타고 가로수와 벤치를 만지며 말을 배우고 있고, 특히 뻥뻥이를 좋아한다고. 철이가 '읍바'라는 말을 달고 지내며, 매일 아버지를 찾는다고도 말하려다가 잠시 망설였다. 그 말이 왜 그동안 철이를 혼자 두었냐고 질책하는 것만 같았다. 그때 핸드폰 너머에서 다급하게 철이 아버지를 찾는 소리가 들렸고, 철이 아버지는 감사하다며 전화를 끊었다.

철이는 아버지와 함께 있어야 한다. 아이에게 따뜻하고 행복한 시간을 만들어주는 것은 먹고사는 일만큼이나 중요하다. 우리는 모두 절대적으로 행복했던 유년의 기억을 한두 개쯤은 가지고 있다. 그 기억은 힘들고 외로울 때 우리를 다시 한 걸음 나아가게 하는 삶의 동력이 된다. 행복했던 순간을 반복하고 싶은 욕망은 우리 안에 심어져 우리를 지탱한다.

✤

　5년 동안 진행되었던 철이와의 수업은 이사와 더불어 종결되었다. 고모님의 건강이 악화되어 더는 철이를 돌볼 수 없는 상황이었다. 철이는 아버지가 사는 곳으로 가서 함께 살게 되었다. 나는 철이가 기뻐하는 모습을 다시 볼 수 없어서 조금 아쉬웠지만, 이제는 '읍바'라는 말이 떠돌지 않고 그 말을 들어야 할 사람에게 가닿게 되었다는 사실에 커다란 위안을 느꼈다.

　철이와 마지막 수업을 마치고 나오는 길, 우리가 함께했던 놀이터는 여름을 맞고 있었다. 앉아서 말하기 연습을 하던 등나무 벤치 위로 그림자가 선명했다. 철이는 그동안 자음을 전보다 또렷하게 발음하고 더 많은 낱말을 이해하게 되었다. 여전히 표현할 수 없는 말이 많지만, 철이만 그런 건 아니다. 우리는 누구나 표현하지 못한 말들을 마음에 품고 산다.

　버스 정류장으로 향하다가 문득 철이가 살던 집을 돌아본다. 철이 아버지는 지금까지와는 다른 삶을 살게 될지 모른다. "얘는 왜 말을 못 해요?", "왜 이렇게 침을 흘리나요? 더럽게" 같은 말들에 일일이 설명해야 하고 때로는 죄송하다며 머리를 숙여야 할 것이다. '장애인'이라는 말이 가져다주는 공포와 절망을 견뎌야 할지도 모른다. 철이 역시 그런 아버지 옆에서 때론 외롭고 힘든 시간을 보낼 것이다. 하지만 고통스러운 대면의 순간은 더 나은 삶으로 가는 피할 수 없는 과정이다. 철이와 철이 아버지는 기쁨과 슬픔의 시간을 함께하며 말을 나누고 추억을 쌓아갈 것이다. 나는 손을 흔들며 다짐하듯 말한다. "걱정 마, 철아. 우리는 꼭 행복해질 거야."

🍀

울타리 세우기

윤이는 재미있는 것을 좋아한다. 하지만 내가 "윤아, 오늘 재미있는 일 없었어?" 하고 물으면 항상 없다고 말한다. "윤아, 오늘 혹시 기분 나쁜 일 있었니?" 하고 물어도 같은 대답이 돌아온다. "심심했겠네. 그럼 언제쯤 재미있는 일이 생길까?"라고 묻고 싶지만 이건 윤이가 대답할 수 없는 질문이다.

재미를 원하는 윤이는 장난을 친다. 장난의 종류는 '선생님이 안 볼 때 볼펜 숨기기'처럼 무해하지만 신경을 건드리는 것부터 같은 질문을 반복하며 수업을 지연시키는 다소 반항적인 행동까지 그 범위가 넓다. 그럴 때면 나는 좀 더 어려운 과제를 제시하거나 쉬는 시간을 줄인다. 그냥 넘어갈 수도 있지만 이상하게 신경이 쓰인다.

윤이의 '장난'은 때로 위험하다. 윤이는 잊을 만하면 한 번씩 사고를 친다. 교실에서 말썽을 부려 부모님이 학교로 불려간 적도 있다. 그러나 이런 건 작은 사건에 불과하다.

"말씀 안 드리려고 했는데…."

망설이던 어머니가 한숨을 내쉬더니 말을 잇는다.

"가게에서 물건을 훔치다가 걸렸대요. 지금 경찰서 유치장에 붙잡혀 있다는데… 어떡하죠, 선생님."

어머니는 울먹이며 애가 도대체 왜 그러는지 이유를 모르겠다고 하신다. 서너 달 전에는 아파트 단지 출입 계단에 있는 화분을 모조리 깨버리는 바람에 신고를 받고 달려온 경찰에 붙잡힌 적도 있다.

내가 아는 윤이는 공격적이지 않다. 오히려 눈치를 보고 감정을 숨긴다. 그것은 진짜 윤이가 아니었다는 뜻인가. 아니면 꾹꾹 눌러 담았다가 한꺼번에 터뜨리는 성격인 걸까. 도대체 윤이는 왜 뜬금없는 사고를 치는 걸까. 이해할 수 없는 건 그뿐만이 아니었다.

윤이는 보드게임을 좋아한다. 마침 또래 아이들 세 명이 그룹수업을 하고 있어 함께하자고 제안했다. 반색하는 윤이와 달리 어머니는 민폐를 끼치면 어떡하냐며 망설이셨다. 그때만 해도 나는 어머니가 걱정하시는 부분을 짐작하지 못했다. 그래서 자신만만하게 대답했다.

"문제는 없을 거예요. 윤이가 좋아하는 활동이니까요."

수업은 예상처럼 순조롭게 진행되지 않았다. 첫날부터 윤이의 진면목을 알아보지 못한 대가를 톡톡히 치러야 했다.

윤이는 수업이 시작한 지 5분 뒤부터 "선생님, 몇 시에 끝나요?"라고 끈질기게 물었고, 물을 가득 채운 물컵을 들고 "이건 물인가요?"라고 궁금하지 않은 질문을 던졌다. 친구들 나이를 방금 듣고도 다시 "태우는 몇 살이에요?"라고 묻고, 화장실에 다녀온 직후에도 "화장실 갔다 와도 돼요?"라고 말했다.

끊임없이 질문을 던지면서 나와 친구들을 몰래 간질이거나 무릎을 툭툭 건드리고, 의도적으로 게임 규칙을 위반하면서 수업 진행을 가로막았다. 다른 아이들은 이런 윤이의 행동을 일러바치거나 똑같이 간지럽혀서 직접 응징하느라 수업에 집중할 수 없었다. 윤이를 게임에서 배제해보기도 했지만 한번 흐트러진 수업 분위기는 쉽게 제자리를 찾지 못했다. 결국 6개월 만에 윤이는 그룹수업을 그만두었다.

그룹수업을 거치며 나는 윤이가 원하는 '재미'의 성격이 조금 다르다는 걸 알게 되었다. 윤이는 상대가 신경쓸 만한 행동을 한 후 항상 표정을 살핀다. 저 사람이 어떻게 나올지를 흥미진진하게 지켜보는 눈빛이다. 재미있는 일이 터지기만을 기다리는 눈빛.

윤이가 재미를 느끼는 지점은 '사고' 자체가 아닌 주변 사람의 반응이다. 윤이는 사태를 수습하려고 허둥대는 사람들을 보는 걸 즐거워한다. 윤이가 《거짓말쟁이 양치기 소년》을 읽으며 유독 흥분하던 이유를 이제야 알 것 같다.

시작은 아주 작은 소동이었을 것이다. 어린아이였을 때, 실수로 물을 흘리자 사람들이 깜짝 놀란다. 그 모습이 신기하고 재미있다. 이번에는 의도적으로 물을 쏟아본다. 똑같은 반응이다. 흘리고 쏟을 수 있는 것은 물뿐만이 아니다. 냉장고 안에는 우유와 음료수가 있고 화장실에는 샴푸와 치약이 있다. 심지어 혼내는 사람도 없는데 이렇게나 재미난 일을 하지 않을 이유가 없다.

사 남매 중 막내인 가족 구성과 장애를 안고 태어난 자식에 대한 미안함과 안쓰러움이 가득한 어머니, 지적장애인 아들의 능력을 과소평가한 나머지 모든 일을 대신 처리해주려는 아버지의 양육 태도 등을 고려하면 윤이의 행동을 이해할 수 있다. 문제는 그럼으로써 윤이가 자신이 속하게 될 사회의 규범을 배우지 못했다는 점이다.

사회의 규범이 작동하는 기초적인 원리는 단순하다. 해야 할 일을 하면 보상을 받고 하지 말아야 행동을 하면 벌을 받는다. 남들처럼 올바른 행동으로 칭찬이라는 보상을 받을 수 없었던 윤이는 하지 말아야 할 행동을 하면서 느끼는 재미로 그 보상을 대신했다. 만약 처음 윤이가 사소한 사고를 쳤을 때 그에 상응하는 불이익이 있었다면 어땠을까. 아이에게 뒤처리를 맡기거나 그날 간식을 줄이거나 좋아하는 영상 시청을 금지했다면. 즐거움보다는 괴로움이 커질 행동을 계속하지는 않았을 것이다.

♣

사고뭉치 윤이는 사실 겁이 많고 외로운 아이다. 또래와 관계를 맺는 데도 서툴다. 또래에게 "안녕" 하고 반갑게 인사하며 "나랑 같이 놀자"라고 스스럼없이 다가가지 못한다. 거부당하거나 자기 물건을 빼앗길지도 모른다는 불안을 느끼기 때문이다. 실제로 그런 일이 생길 가능성은 작지만 윤이는 그 사실을 알 수 있는 경험을 거의 하지 못했다.

게다가 친구들과 놀려면 그들과 협상을 해야 한다. 재미있는 일을 함께하는 것은 물론 서로가 싫어하는 행동을 하지 않아야 한다. 또래들이 제시하는 규칙을 받아들이지 못하는 윤이는 같이 노는 것이 어렵고, 자꾸만 가족이라는 익숙한 품 안으로 파고든다. 가족들은 그런 윤이를 토닥이며 이 안에서는 네 마음대로 할 수 있으니 안심하라는 메시지를 준다.

아이를 품 안에서 떠나보내기란 부모로서 무척 힘든 일이다. 친구를 잘 사귈 수 있을까, 상처받지는 않을까, 왕따라도 당하면 어떡하나, 머릿속에 온갖 안 좋은 상황이 뭉게구름처럼 피어오른다. 하물며 남다른 아이라면 더욱 그렇다.

하지만 언제까지나 아이를 옆에 끼고 지낼 수는 없다. 모든 아이는 때가 되면 홀로 세상과 마주해야 한다. 이를 위해 어른들이 해야 할 일이 있다. 바로 '울타리 치기'다.

'울타리'는 '공동체의 규범과 가치'로 짜인다. 공동체의 구성원이 되려면 어떤 일을 해야 하고 어떤 일을 하지 말아야 하는지 알아야 한다. 그 안에서 아이들은 안전하게 세계를 탐색할 수 있다. 물론 세상에 절대적인 규범과 가치란 없다. 그러니 울타리의 영역은 서서히 넓어지다 마침내 소멸해야 한다. 어른들이 할 일은 아이들이 언젠가 자기 힘으로 걸어낼 울타리를 성심성의껏 짓는 것이다. 울타리 없이 자란 아이들은 경계를 알지 못한다. 윤이가 사고를 치는 것은 어쩌면 자신이 갖지 못한 '울타리'를 요구하는 왜곡된 투쟁일지도 모르겠다. 내가 어디까지 가도 괜찮은지, 어디까지가 안전 구역인지 윤이는 알고 싶어 한다.

❧

    장애아동의 잘못된 행동을 대하는 어른의 태도는 극단적이다. 불쌍해하며 무조건적으로 봐주거나 말로 타이르는 대신 강압적으로 제지한다. 안타깝게도 이러한 대응은 아이들이 제멋대로 행동하거나, 반대로 소극적이고 위축된 모습을 보이는 결과로 이어진다.

    예를 들어 여덟 살 남짓한 발달장애 아동이 동네 슈퍼에서 계산도 하지 않고 과자 봉지를 뜯는다. 이를 발견한 가게 주인이 아이를 판매대에서 멀찌감치 떨어뜨려 놓는다. 그러다 특수학교 명찰을 발견하고는 슬며시 잡은 손을 내려놓는다. 비슷한 장애를 가진 조카가 떠올라 마음이 짠하다. 가게 주인은 "불쌍한 녀석, 과자가 먹고 싶었구나" 하며 과자 한 봉지를 더 쥐여준다. 뒤늦게 달려온 보호자가 정말 죄송하고 감사하다며 신용카드를 건넨다. 아이는 자기 행동에 대한 보상으로 한가득 과자 봉지를 안고 집으로 돌아간다. 이제 이 아이는 과자가 먹고 싶으면 어디든 들어가서 봉지부터 뜯을지도 모른다.

    같은 시간 같은 학교에 다니는 또 다른 아이가 다른 가게에서 같은 행동을 한다. 가게 주인이 아이를 제지하며 보호

자를 찾는다. 보호자로부터 사정을 들은 가게 주인은 애가
사리분별을 못 하니 더 엄하게 키워야 한다며 아이가 눈물을
뚝뚝 흘릴 때까지 다그친다. "잘못했어 안 했어. 왜 말을 안
해. 어른이 물으면 대답을 해야지!" 주변 사람들 눈치를 많
이 살피는 보호자는 연신 고개를 조아리며 한 번만 더 그러
면 두 손을 아주 꽁꽁 묶어버리겠다고 아이를 윽박지른다.
공포에 사로잡힌 아이는 이후 과자만 보면 슬금슬금 피하거
나 가게 주인을 닮은 사람만 봐도 울음을 터뜨린다.

장애가 있는 아이들도 칭찬을 받아야 하는 게 당연한 만큼
벌도 받아야 한다. 그래야 책임감 있는 어른으로 자라난다.
중요한 것은 상벌의 방식이다. 폭력이 벌의 목록에서 제외된
지는 오래되었다. 윽박지르거나 무시하거나 수치심을 주는
것 역시 아동학대에 불과하다. 벌을 받은 아이가 '내가 못나
서 벌을 받는다'고 생각하게 해서는 안 된다. 행동을 바꿀 동
기를 제공하는 것이 핵심이다. 계산을 하지 않고 과자 봉지
를 뜯었을 때 받는 불이익은 며칠 과자를 먹지 못하게 되는
것으로 충분하다. 이러한 불이익의 목표는 과자를 먹고 싶을
때 손으로 가리키며 기다리는 행동이나 "먹고 싶어요"와 같
은 언어적 표현이어야 한다.

어른들은 아이를 보호하는 것에서 한 걸음 더 나아가 이들

이 안정된 규범의 세계에 안착할 수 있도록 도와주어야 한다. 그래야 아이들이 성장해서 당당한 '나'가 되고 '우리'에 속할 수 있다. '울타리 치기'는 그 출발점이다.

✿

윤이는 야구선수가 되고 싶어 한다. 야구는 여럿이 함께 주어진 규칙에 따라 승부를 가리는 협력 게임이다. 내가 잘한다고 해서 꼭 팀이 승리하는 건 아니지만 최소한 다른 팀원들을 기쁘게 할 수 있다. 내가 실수를 해도 다른 팀원들이 잘하면 우승할 수 있다. 그곳에서 윤이는 외롭지 않다. 충분히 보호받으며 성취감을 느낄 수 있다.

어쩌면 윤이는 세상이 야구장 같았으면 좋겠다고 생각하는지도 모른다. 야구장에서 윤이는 야구방망이를 집어던지거나 경기장 밖으로 탈출해서 어른들을 속상하게 하는 일은 꿈도 꾸지 않을 것이다. 사람들이 지켜보는 가운데 당당히 자신의 실력을 뽐내는 데 몰두할 것이다. 윤이에겐, 아이에겐 그런 울타리가 필요하다.

🍀

거절을 연습하는 시간

혁이는 그림 그리기를 좋아한다. 종합장에 오리나 펭귄, 기러기를 그리고 나서는 그 형태가 감쪽같이 사라질 때까지 귀퉁이부터 검은색 크레파스로 까맣게 칠해나갔다. 그 모습을 지켜보던 내가 "오리! 꽥꽥! 나도 오리 좋아하는데. 우리 같이 칠할까?" 하고 끼어드니 여지없이 종합장과 함께 등을 돌렸다. 그럴 수 있다. 자신의 방에 찾아와 지루한 공부를 하자는 어른을 좋아할 아이는 많지 않으니까.

혁이가 좋아하는 다른 하나는 글씨 쓰기다. 노트에 자기 이름이나 부리와 날개가 있는 귀여운 동물들의 이름을 한 땀 한 땀 수를 놓듯이 띄엄띄엄 조심스럽게, 때로는 직물을 짜듯이 촘촘하고 빠르게 써나갔다. 그래서 받아쓰기를 시도했다.

방금 들은 말을 머릿속에 담아두면서 글자로 다시 쓰는 일은 청각적 기억력을 향상시키고 집중하는 시간을 늘려준다.

자폐 성향이 있는 아이들은 글자를 '그림'으로 받아들이는 경향이 있다. 그래서 문장을 읽고 나서도 그 뜻을 설명하지 못한다. 이런 아이들에게는 기호-음성-의미를 통합하여 이해하는 연습이 무척 중요하다. 그래야 비로소 글자가 의미를 실어 나를 수 있기 때문이다.

등을 돌리고 앉았던 혁이가 다시 내쪽을 바라본다. '내가 등을 돌렸음에도 왜 목소리를 높이거나 억지로 종합장을 빼앗지 않지?'라고 생각하는 눈빛이다.

"혁아, 잘 들어."

기회를 놓치지 않고 태블릿피시를 꺼내 준비해온 대화문을 들려준다.

"안녕하세요. 길을 알려주시겠어요?"

"네, 물어보세요."

"서울역으로 가려면 어떻게 하나요?

"여기서 100번 버스를 타세요."

이번에는 곧바로 등을 돌리지 않는다. 대화문이 끝나자마자 내가 연필을 건네주었기 때문이다. 혁이는 종합장을 넘기고 그 위에 뒷장까지 선명한 자국이 남을 정도로 꾹꾹 눌러

가며 방금 들은 내용을 쓴다.

자폐성 발달장애 아이 중 상당수는 방금 들은 말을 금세 잊어버린다. 문장을 듣고 그 내용을 머릿속에 담아 두는 일에 서툴다. 그래서 긴 문장을 주고받는 대화를 하려면 듣기 연습부터 해야 한다. 혁이도 그렇다. '안녕하세요'까지 쓴 혁이가 고개를 들어 나를 쳐다본다. 그다음은 뭐지?

보호자로부터 전달받은 발달검사 결과를 참고하여 세운 수업 계획의 핵심은 '대화'였다. 혁이의 어휘는 4~5세 수준이다. 읽을 줄도 알고 쓸 줄도 안다. 그러나 이해보다 표현이 더 제한적이어서 일상에서는 "물", "화장실", "저거 줘", "이거 먹을래"처럼 낱말, 혹은 구절로 말하는 게 전부였다. 물어보는 말에 간신히 답하는 수준이다. 혁이는 자기 의사를 구체적인 문장으로 전할 수 있어야 한다.

질문에 대한 이해도 중요하다. 무엇을 묻는지 알아야 묻고 답하는 대화가 성립한다. 무엇보다도 이 모든 것이 가능하려면 먼저 대화 상대를 인식하고 인정할 수 있어야 한다. 혁이로서는 쉽지 않은 일이다. 당연히 연습이 필요했고 그 시작을 '끼어들기', 즉 개입으로 삼았다.

혁이가 오리를 그리면 나도 그 옆에 혁이 것과 전혀 다르게 생긴 오리를 그렸다. 혁이가 병아리를 그리면 그 아래에

'병아리'라고 이름을 썼다. 본인이 좋아하는 활동을 하되, 그것을 혼자만의 행동이 아닌 함께하는 행위로 인식하게끔 하려는 시도였다. 하지만 결과는 처참했다.

잠깐 생각에 잠긴 듯하던 혁이는 돌연 종합장을 찢으며 응애응애 하고 갓난아기 우는 소리를 냈다. 예상치 못한 반응에 당황한 나는 순순히 연필을 내주고는 방금 쓴 글자를 지우개로 벅벅 지울 수밖에 없었다. 그러면 흘리지도 않은 눈물을 닦던 혁이는 빈 페이지에 이제껏 보지 못했던 새로운 동물인 타조를 그려 나갔고 곧 평온한 얼굴로 되돌아왔다.

받아쓰기도 성과는 없었다. 온전한 문장 대신 '안녕하세요'만으로 종합장을 가득 채웠다. 큰소리로 "길. 을. 알. 려. 주. 시. 겠. 어. 요"라고 말해주어도, 양손으로 헤드폰을 만들어 귀를 막았다가 풀고는 종이가 너덜너덜해질 때까지 '안녕하세요'를 써내려갈 뿐이었다. 이후로는 보통의 치료사 혹은 양육자들이 겪었을 만한 과정을 거쳤다. 그림 그리는 도중에 크레파스 빼앗고 내 말 듣게 하기, 종합장을 손바닥으로 가리고 내 얼굴 보게 하기, 연필을 빼앗아 글자 대신 써주기, 바른 문장을 쓸 때까지 연필 안 내주기, 지시에 따를 때까지 종합장을 빼앗아 깔고 앉기 등을 시도했고 그럴 때마다 혁이는 그 나이 아이들이 보일 법한 다양한 방식의 떼쓰기를 선사했다. 한번은 거실에 계시던 할아버지께서 들어와 엄하게 꾸짖을 정도였다.

"이게 뭐 하는 짓이야. 선생님 말씀 잘 들어야지! 혁이, 말 안 들으면 할아버지가 맛있는 거 안 줘!"

그럴 때면 혁이의 행동은 곧 수그러들었지만, 외려 내가 혼난 것 같은 기분이 들었다.

그렇게 한 달쯤 실마리를 찾지 못하다가 비로소 반전의 계기를 만났다. 바로 '기다리기'였다.

그림을 그리던 혁이를 멈추게 한 후 "기다려요!"라고 말했다. 혁이가 떼쓸 준비를 하면 다섯까지 세고는 곧바로 크레파스를 돌려주었다. 다섯까지 참을 수 있으면 여섯까지 참을 수 있다. 기다리는 시간을 서서히 늘려나간 끝에 그림을 그리는 도중에 문장을 읽고 질문에 답하는 과제를 끼워 넣는 데 성공했다! 수개월이 지났을 무렵에는 주객이 전도되어 과제를 수행하는 도중에 그림 그리기를 끼워 넣는 식으로 진행할 수 있었다. 썩 괜찮은 소득이었다. 그러나 목표로 했던 상호 대화가 어려운 상황은 여전히 고민이었다.

혁이는 가끔 그림을 그리거나 글씨를 쓰다가 고개를 들어 나를 쳐다보았다. 곧 다른 데를 보면서 딴청을 부렸는데, 마치 '나한테 원하는 게 뭐야?' 하고 묻는 것 같았다. 그럴 때면 말문이 막히면서 '정말로 내가 너에게 원하는 게 뭘까?' 하고 자문하게 되었다.

누군가 자기 이름을 불렀을 때 하던 행동을 멈추고 대답하는 것, 유창하게 자기소개를 하는 것, 선생님이 시킨 대로 말하는 것? 그게 전부는 아닌 것 같았다. 그렇다면 뭘까? 나는 내면의 목소리에 좀 더 솔직해지기로 했다.

등 돌리고 그림을 그리거나 같은 글자로 종합장을 채우는 건 그만했으면 좋겠어, 혁아. 수업하는 동안 떼쓰거나 들은 척 만 척하지 않았으면 좋겠다고. 겨우 반창고로 상처를 아물게 했는데 그걸 다시 떼어내고 피가 마른 자리를 길게 자란 손톱으로 기어이 뜯어내는 일을 안 하면 안 되겠니. 두세 걸음만 걸어도 숨이 턱 막히는 무더운 여름날 미지근한 바람을 쏟아내는 낡은 선풍기를 자꾸만 꺼서 수업을 방해하지 않았으면 좋겠다니까….

이밖에도 많은 바람이 떠올랐지만 문득 생각이 멈췄다. 하나같이 혁이가 어떤 행동을 하지 않았으면 하는 바람이라는 걸 깨달았기 때문이다. 우리는 서로에게 바라는 게 같았다.

'내가 싫어하는 일 하지 않기'. 그 사실을 깨닫고 나서야 대화가 시작되었다.

"혁아, 듣기 연습 하자."

"응애응애."

"싫어요, 라고 말해."

"싫어요."

"그래, 그러면 듣기 연습 하지 말자."

이것은 우리가 나눈 최초의 대화이자 각자에게 값진 소득을 안겨준 경험이었다. 혁이는 하기 싫은 듣기 연습을 안 할 수 있었고 나는 혁이가 "싫어요"라고 자기 의사를 표현하게 했다. 의욕이 없으며 거부 행동이 빈번한 아이들은 이를 언어로 드러내게 해주는 게 우선이라는 것을 알게 되었다. 한번 실마리가 풀리자 더 많은 대화가 이어졌다. '싫어요' 자리에 비슷한 의미의 다른 말을 넣으며 표현을 확장했다. 하기 싫어요, 안 할래요, 힘들어요, 어려워요, 다른 거 해요…. 부정적인 표현을 '~하고 싶어요'라고 바꾸어서 말하게도 했다.

"(종합장을 손으로 가리며) 혁아, 공부하자!"

"응애응애."

"기다려주세요, 라고 말해."

"기다려주세요."

"그래, 기다릴게."

이제 혁이는 선생님이 하기 싫은 일을 강요하거나 하고 싶은 일을 방해할 때 이렇게 말해야 한다.

"방해하지 마세요. 더 하고 싶어요."

시간이 흐르면서 우리의 대화는 더욱 길어졌다.

"혁아, 공부하자!"

"싫어요. 안 할래요."

"그래? 그럼 뭐하고 싶은데?"

"그림 그리고 싶어요."

"혁이는 그림을 그리고 싶구나. 알겠어. 그림 그려."

보통의 아이들에게는 별일 아니지만, 자폐 성향이 강한 혁이로서는 커다란 진척이다. 무엇보다도 부정적인 마음을 말로 표현하게 되면서 떼쓰는 일이 줄어들었다. 이후로도 '10분 공부하기-1분 그림 그리기-10분 공부하기-1분 글씨 쓰기'의 패턴을 유지하면서 계속 대화의 길이를 늘여갔다. 길 묻고 대답하기, 상점에서 물건 사고팔기, 극장에서 표 끊고 입장하기 등 우리가 일상에서 나누는 전형적인 대화를 재연하는 수준이었지만, 이렇게 배운 표현들이 대화의 씨앗이 될 것이라 믿는다.

하던 일을 멈추고 상대의 말에 귀를 기울이는 것은 어른들에게도 쉽지 않다. 상대의 요청으로 하고 싶지 않은 일을 해야 하는 것도 마찬가지다. 그럴 때는 "싫어요"에서 시작해야 한다. "싫어요"라는 말은 상대가 자신의 뜻을 존중할 기회를 준다. 이런 말을 잘하는 사람은 상대의 거부와 거절에도 굳건해질 수 있다. 거절하지 못하는 사람은 거절당하는 일에 쉽게 상처받는다. 아이러니하게도 "싫어요"라고 말할 수 있는 사람은 하기 싫은 일을 좀 더 수월하게 해낼 수 있다.

하지만 안타깝게도 아이들이 싫다고 말할 때 가장 먼저 만나게 되는 것은 어른들의 찌푸린 얼굴이다. 싫어하는 일을 하지 않으려면 어른들이 납득할 때까지 그 이유를 설명해야 한다. 의사소통 장애가 있는 아이들에게는 불가능에 가까운 일이다. 그래서 말하는 대신 손에 잡히는 대로 물건을 집어서 던지거나 상대를 꼬집거나 자기 머리를 때린다.

장애가 있는 아이들만 거절에 미숙한 건 아니다. 관계를 중요시하는 문화에서 거절은 자기검열을 부른다. '거절할 이유가 되나?', '후환은 없겠지?', '내가 이러면 저 사람이 실망할 텐데', '차라리 꾹 참고 그냥 한다고 할까'. 타인이 원하는 대로 하면 둥글둥글하고 좋은 사람이 되고 거절하면 뾰족하고 불만 많은 사람이 될 것 같아서 고민 끝에 '내가 참고 말지'라는 결론을 내린다. 하기 싫은 일이 생길 때마다 전전긍긍하는 사람이 되지 않으려면 거절의 말을 익혀야 한다. "안 돼요. 지금은 제가 바쁩니다", "싫어요. 제가 하고 싶은 일이 아닙니다".

모든 말은 연습이 필요하다. 언어치료사들은 아이들에게 거부 표현을 가르치기 전에 먼저 아이들의 선호를 파악한다. 그런 다음 아이가 싫어하는 일을 제시하여 "싫어요"라는 말을 유도한다. 아이가 표현하면 즉시 받아들여 그 말의 효능감을 깨닫게 해준다. "싫어요"는 그 말뜻이 오해 없이 수용되었을 때 배울 수 있는 말이다.

혁이가 처음으로 '싫어요'라고 말하던 순간을 기억한다. 우리는 그때 서로의 진심을 나누었다. 혁이의 말은 나를 한 걸음 뒤로 물러서게 했고 덕분에 우리는 더 가까워질 수 있었다. 자기 뜻이 받아들여졌을 때 아이들이 기뻐하는 표정은 언제나 아름답다. "싫어요"는 더 행복한 삶을 만든다.

별이가 용기를 내는 법

"선생님은 왜 게임을 못해요."

"선생님은 왜 힘이 약해요."

"선생님, 왜 오늘 늦게 왔어요."

"왜 화장실 가요."

"왜 글씨를 이렇게 써요."

별이는 말이 많다. 주로 나를 놀리는 내용이다. 중학교 1학년 아이의 귀여운 놀림에는 악의가 없다. 그저 내 관심을 끌고 나와 어떤 대결을 벌여 자기도 선생님만큼이나 힘세고 말잘하는 사람임을 뽐내고 싶은 것뿐이다. 그런데 별이는 내게만 말이 많다. 함께 있는 또래 아이들은 잘 쳐다보지 않고 꼭말을 해야만 할 때도 쭈뼛거린다.

별이는 부끄러움이 많다.

학교를 마치고 학원에 갈 때나 태권도 수업이 끝나고 치료실로 올 때 고개를 숙인 채 땅을 보며 걷는다. 혹시라도 아는 사람과 마주쳐 "별이 집에 가니? 엄마는 요즘도 마트에서 일하셔?", "별이 오랜만이네, 요즘 어떻게 지내?"라고 물을까봐 걱정이다. 할 수 있는 말도 많지 않고 무엇보다 잘 기억나질 않는다. 분명 엄마는 작년부터 지하철로 네 정거장 떨어진 거기로 출근하기 시작했고 그래서 학교가 끝나면 태권도 학원에 가서 열심히 운동하고 친구들과 편의점 도시락으로 저녁을 먹는데, 일주일 전에는 승급심사에 합격해서 허리띠 색깔이 바뀌었는데, 머릿속에서는 또렷하게 그려지는 것들이 말로 하자니 문장이 뒤죽박죽, 단어와 숨바꼭질을 해야 한다.

네모나고 커다란 건물에 물건이 쌓여 있으며 사람들이 차를 타고 와 물건을 사가는 그 장소의 이름이 떠오르지 않는다. 지금 허리에 매고 있는 자랑스러운 허리띠의 색을 알고 있는데, 그걸 뭐라고 하는지 기억해낼 수 없다. '마트'라는 단어도 '빨간띠'라는 단어도 자꾸만 기억의 저편으로 미끄러져 버린다.

결국 별이는 "저기, 그러니까, 아… 음…" 하며 시간을 끌다가 "왜 생각이 안 나지…" 하며 머뭇거리고, 난처해하는 듯한 별이를 보던 상대가 "그래 별아, 그럼 다음에 또 보자" 하고 돌아서는 모습을 바라보게 된다.

별이는 어렸을 때 받았던 수술로 인해 전두엽 기능이 일부 손상되어 단어를 바로 떠올리지 못한다. 뇌졸중이나 치매 등으로 고생하는 성인들도 비슷한 증세를 보인다. 단어가 아예 생각나지 않는 건 아닌데 머릿속에만 떠돌 뿐 입 밖으로 나오지 않는다. 그때마다 답답하고 심한 좌절감마저 느끼게 된다. 물론 누구나 그럴 때가 있다. 분명 아는 노래인데 이상하게 제목이 생각나지 않거나 좋아했던 영화인데 주인공 이름이 떠오르지 않는다. 그러나 별이는 이런 일을 질문을 받을 때마다 겪는다.

별이는 또래 아이들보다 덩치가 작다. 친구들과 있으면 서너 살쯤 어린 동생처럼 보일 정도다. 그래서 체육 시간에 뜀틀이나 철봉을 할 때면 선생님께서 높이를 조절해주거나 다른 아이들이 매달린 철봉보다 낮은 옆의 것을 쓰도록 배려해주신다.

별이는 자기가 다른 애들보다 힘도 약하고 말도 잘 못한다는 걸 안다. 그래서 자기보다 게임도 못하고 팔씨름도 못하는 선생님을 놀린다. 선생님이 져주는 걸지도 모른다는 의심이 안 드는 건 아니지만 상관없다.

별이가 수업 시간마다 내게 놀리는 듯한 질문을 쏟아내는 것은 사실, 아주 어렸을 때부터 자기를 힘들게 했던 상황의 재현이나 마찬가지다. 질문은 늘 별이를 주눅 들게 했고, 몇몇 아이들은 별이를 놀리려고 질문을 쏘아댔다. 그러니 나라도 화내거나 억울해하거나 외면하는 대신 "아니거든, 나 원래 게임도 잘하고 운동도 잘하거든!"이라고 말해야 한다.

나는 별이가 좀 더 용기를 냈으면 좋겠다. 그래서 그룹수업 시간에 우물쭈물하다가 고개를 떨구거나 "못 해요. 생각 안 나요. 몰라요"라고 할 때면 못 들은 척한다. 해야 할 말의 일부를 알려주고 한 번 더 기회를 주는 것으로 별이의 암묵적 요구('저를 그냥 내버려두세요')를 거절한다. 내심 이 아이가 성공의 경험을 얻기를 바라면서.

너무 많은 실패를 맛본 아이에게 한 번의 성공이 의미 있는 변화를 가져오리라고는 생각하지 않는다. 별이가 쉽게 포기했기 때문에 실패한 것도 아니다. 지금보다 어렸을 땐 남들 앞에서 잘해보려고 열심히 준비해서 얼마간의 성취도 이

뤘을 것이다. 그러나 학년이 높아질수록 과제는 어려워지고 성공의 경험은 차츰 줄어들었을 것이다. 성공의 장벽은 갈수록 높아지는데 자신의 키는 점점 작아지는 상황에서 별이는 입을 닫고 사람을 피하면서 좌절감에서 벗어나기 위해 초능력자가 되는 꿈을 꾸는지도 모른다.

한 번 더 해보자는 나의 요구는 별이에겐 부당하게 느껴질 수 있다. 좀 더 노력해보자는 말은, 그동안의 노력만으로는 부족했다는 비난처럼 다가올지 모른다. 노력했으나 어쩔 수 없이 실패로 점철된 별이의 과거와 그로 인한 상처와 좌절을 나약함의 산물로 치부해버리는 것처럼 느낄지도 모른다. 내게 그럴 의도가 없다고 하더라도.

"포기하지 않고 노력하다 보면 언젠가는 성공할 거야", "한 번만 더 힘을 내보자" 등은 나도 자라면서 숱하게 들어온 말이다. 너무 익숙해서 "안녕? 잘 잤니?", "아침은 먹었고?" 같은 안부인사처럼 들릴 지경이다. 별이에겐 이런 말이 어떻게 들렸을까. 혼나는 것 같았을까. 못 하는 걸 자꾸 시켜서 짜증이 났을까. 다른 사람들 앞에서 바보가 된 것 같아 속상했을까.

나는 별이가 제대로 된 답을 하지 못하고 당황하는 모습을 보기 싫었다. 정신을 똑바로 차리고 몇 번이고 도전해서 정답에 이르길 바랐다. 그러면 지금처럼 고개를 숙인 채 발등만 보고 다니거나 아이들이 잘 안 다니는 샛길을 찾아다니지 않게 될 거라고 생각했다. "잘 못 하면 어때. 기죽지 말고 어깨를 펴고 씩씩하게 다니자"라는 말을 들은 별이가 정말 그렇게 행동해서 지금과 달라질 수 있다고, 내가 노력하면 별이의 삶을 바꿀 수 있다고 믿고 싶었던 것 같다.

✿

별이는 착하다.

선생님 말씀을 잘 듣고 규칙을 성실하게 지킨다. 놀리거나 무시하는 아이들에게도 싫은 소리를 하지 않는다. 선생님께 이르지도 않는다. 그랬다가는 게네들이 장애인을 괴롭히는 나쁜 사람이 되기 때문이다. 별이는 누군가 나쁜 사람이 되기를 원하지 않는다.

"별이가 가장 소중하게 생각하는 사람은 누구인가요?"

"엄마요."

"왜요?"

"왜냐하면… 아, 그게 그러니까… 그냥요."

"에이, 좀 더 자세히 말해줘요."

"아, 그게… 엄마는 나를 잘해주고 또… 네, 잘해주니까 요."

"그렇군요. 다음 질문입니다. 별이한테 초능력이 있다면 무엇을 하고 싶어요?"

"여행 가고 싶어요."

"여행이요? 왜요?"

"왜냐하면, 그게, 음. 잘 모르겠어요."

"누구랑 갈 건데요?"

"아, 엄마랑 아빠랑 할머니랑 동생이랑 가고 싶어요."

"가서 뭐 할 거예요?"

"고기도 구워 먹고 구경도 해요."

질문이 적힌 카드를 뽑아 대답하는 놀이를 하면서 들어본 별이의 대답은 소박하다. 그리고 항상 가족, 특히 엄마가 등 장한다. 가장 기뻤을 때는 엄마랑 여행 갔을 때이고 가장 슬 펐을 때는 엄마가 아팠을 때다. 특별한 능력을 갖게 되거나 큰돈이 생기거나 소원을 빌 기회가 온다면 꼭 엄마에게 선물 을 해주고 싶다. 그런 말을 들을 때마다 나는 이 아이가 가진 결함을 잊는다.

별이는 마음이 곱다. 그런 마음은 재빨리 할 말을 생각해 내는 능력보다 소중하다는 걸 어떻게 설명해야 할까.

매사에 조심스럽고 겁이 많았던 나는 뭔가를 시도하기까지 오랜 시간이 걸렸다. 체육 시간에 나란히 줄을 서서 자기 차례를 기다리면서는 한참 전부터 심장이 두근거렸다. 책이나 음반을 고를 때도 살까 말까 망설이느라 시간을 낭비한 적이 많았다. 바로 한 발자국 앞에서 뭉그적거리는 나를 어른들은 자주 등 떠밀었다. 그러나 그럴수록 두려움은 더욱 커졌고 마치 낭떠러지 앞에라도 서 있는 양 뒷걸음질치다 그 자리를 벗어났다.

"어휴, 한심한 녀석. 뭐가 무섭다고. 한 번만 해보면 금세 쉬워질 텐데."

그럴 때면 어른들은 못마땅한 눈으로 말했다. 그 말들은 고스란히 귀에 와 박혀 스스로 자책하게 만들었다. 어릴 적 나 역시 피하고 싶었던 주문을 별이에게 강요한 것 같아 미안한 마음이 들었다.

별이에게 용기를 줄 방법은 무엇일까. 어려움을 안고 살아야 하는 사람들이 두려움 없이 새로운 일을 시도하게 도울 방법은 무엇일까. 명쾌한 답은 없을 것이다. 다만 망설이는 별이의 등을 떠밀기보다, 나아갈 방향을 가리키며 기다리는 마음을 갖기로 했다. 세상도 사람도 실수와 실패를 반복하면서 성장하는 법이지만, 실수와 실패의 기억이 쌓여 망설이고 있는 별이에겐 차근차근 마음의 준비를 돕고 도전할 용기가 생길 때까지 지지해주는 사람이 필요하다. 그러니 잊지 말아야 한다. 누군가를 개조하는 것이 아니라 그 사람 옆에서 길을 잃지 않게끔 도와주는 것이 나의 본분임을.

❦

오답으로 이루어진 세계

첫 석 달 동안 겸이의 말더듬 정도는 하향곡선을 그렸다. 간혹 "그, 그, 그"와 같은 첫음 반복이 있었지만, 중증 말더듬 증세인 말 막힘이나 수반 행동˚은 사라졌다. 말을 더듬는 다른 아이들처럼 유창하게 말하기 연습을 꾸준히 하면 곧 증세가 완화될 것 같았다.

그런데 어느 날 말더듬이 갑자기 심해졌다. 겸이는 치료실 천장을 쳐다보며 마치 그곳에서 말이 떨어지기를 기다리듯이 한참을 입을 연 채로 있다가 가까스로 "서, 서, 서, 선생님"

˚ 손을 휘젓거나 발을 구르는 등 말을 더듬을 때마다 나오는 몸짓.

이라고 운을 뗐다. 다행히 다시 몇 주가 지나자 말더듬이 완화되고 말 막힘도 줄어들었다.

겸이의 말더듬에는 패턴이 있었다. 학기 초에 심해졌다가 방학 때는 상대적으로 유창해졌다. 학년이 바뀔 즈음에는 말 막힘이 최고조에 달했다. 아이가 받는 스트레스가 말더듬에 영향을 미쳤음을 짐작게 하는 현상이었다.

무엇이 겸이를 그토록 힘들게 하는 걸까? 수업을 진행하며 아이의 반응을 살피다 정작 가장 큰 스트레스 요인은 가족 안에 있음을 알게 되었다.

낱말 연상을 연습하기 위해 종종 겸이에게 스피드 퀴즈를 낸다. 스피드 퀴즈는 겸이가 좋아하면서도 힘들어하는 활동이다.

"여름에 먹는 과일이에요. 초록색 바탕에 검은 줄무늬가 있어요."

"에이, 거거, 그 그건 너무 쉽잖아요. 수. 박. 히히."

"좋아 그럼 좀 더 어려운 걸 해볼까. 한자성어입니다. 함께 돕는다는 뜻이에요. 네 글자예요. 뭘까요?"

"배, 배배 백, 지장도 같이 들면 가벼, 가, 가 가볍다."

"땡! 상부상조입니다."

겨우 한 문제를 틀린 겸이는 그날 바닥에 엎드려 한참을 울었다.

　겸이는 유독 틀리는 걸 싫어한다. 문장을 읽다가 틀리면 지적하기도 전에 스스로 "죄송합니다"라고 말하고는 처음부터 다시 읽었다. 그러다 또 말문이 막히면 몸을 배배 꼬며 울먹였다. 책상을 쿵쿵 두드리며 세차게 고개를 흔들다가 바닥에 주저앉거나 누워서 통곡하는 일도 있었다.

　겸이는 '지는 것'도 싫어한다. 읽기와 말하기 연습을 반복하는 것은 초등학생인 겸이에게 너무도 지루하다. 그래서 10분간 연습을 하고 나면 간단한 보드게임을 했다. '틀릴 만한 것(못하는 것)'에 민감한 겸이에게 제공하는 일종의 휴식 시간이다. 그런데 그만 실수를 했다. 반드시 선생님이 져야 한다는 우리만의 규칙을 깜빡한 것이다. 치료실은 곧 울음바다가 되었고 나는 4승 1패의 전적에도 만족하지 못하는 겸이를 달래느라 진땀을 빼야 했다.

　겸이가 틀리거나 지는 걸 싫어하는 것은 그러면 엄마가 싫어하기 때문이다. 일상을 주제로 한 가벼운 대화는 말하기에 자신감을 심어주는 활동이어서 수업 시작 전에 늘 어떻게 지냈는지 이야기를 주고받는다. 그러면서 겸이가 자주 혼나는 아이란 걸 알게 되었다.

　"겸아, 오늘 점심 뭐 먹었어?"

"제, 제, 제, (조금 쉬고) 제육볶음이랑, (한참 쉬고) 미역국
이랑요."

"그랬구나. 맛있게 먹었어?"

"네, 네, 네, 배가 터지는 줄 알았는데 깨끗이 먹고 하나도
안 남겼어요. "

"왜 배부른데 억지로 먹어? 못 먹겠으면 남겨. 억지로 먹
지 않아도 돼."

"아니, 아, 안 (잠깐 쉬고) 아니 그게 그러면 (한참 쉬고) 엄,
엄마한테 혼나요."

겸이는 혹시라도 자기가 잘못해서 엄마를 힘들게 할까 봐
전전긍긍한다.

"오늘 날씨가 좋네. 겸이 오늘도 엄마 차 타고 왔어?"

"네, 네, 차 타고 저기 (잠깐 쉬고) 주, 주, 주차장에 세우고
올라왔어요."

"그렇구나. 그럼 오늘 수업 끝나면 어디 가?"

"학원, 학원에 가요."

"그래? 날도 좋은데 친구들이랑 놀러가면 안 되나? 매일
학원 가면 힘들지 않아?"

"아니, (잠깐 쉬고) 아니, 그게 아니라. 엄마한테 혼나요."

탄산음료를 많이 마시거나, 게임을 정해진 시간보다 오래

하거나, 학원 수업을 빼먹거나, 동생이랑 싸우거나, 김밥에서 시금치를 골라내면 엄마한테 혼난다. 이밖에도 엄마가 싫어하거나 하지 말라는 일이 무엇인지 겸이는 아주 세세하게 말할 수 있다. 겸이는 그런 일을 나열할 때 매우 기분이 좋아 보인다. '그런 것들을 지키는 건 정말 식은 죽 먹기예요'라고 자랑하는 듯한 얼굴이다. 겸이는 또래 아이들이 그렇듯이 부모가 정한 규칙의 울타리에 빙 둘러싸여 있다. 겸이의 세계는 '해도 엄마한테 혼나지 않는 일'로 이루어진 세계와 '했다가는 엄마한테 혼나는 일'로 이루어진 세계로 양분되어 있다.

겸이가 해도 혼나지 않는 일 중 최고는 단연 공부다. 그래서 겸이는 영어를 또래보다 훨씬 잘한다.

"선생님, 저, 저 영어 잘해요. 그, 그, 래서… 애들이 나한테 물어봐요. 저기 저기 저거 영어로 써 있는 거 잘 읽어요."

겸이는 한쪽에 내려놓은 자기 가방의 상표를 읽고 그 뜻을 해석해준다. 겸이는 자기가 말을 더듬어서 엄마가 속상해하기에 공부를 잘해야 한다고 말한다. 다른 애들이 유튜브를 보면서 시시덕거릴 때도 겸이는 놀고 싶은 유혹을 꿋꿋이 참아내고 책상 앞에 앉아 중학생들이 보는 영어 교재를 정독한다. 겸이에겐 자기가 하고 싶은 일보다 '엄마한테 혼나지 않는 일', '엄마에게 칭찬받는 일'이 중요하다.

어느 날, 겸이 아버지가 상담을 요청했다.

"요즘 겸이랑 아내가 더 자주 다퉈요. 아내가 걱정도 많아지고 감정 기복도 커지고 아이한테 집착도 더 심해져서 서로 힘들어하네요. 육아 스트레스로 우울증 약을 먹은 지도 한참 되었는데… 아빠로서 어떻게 해야 할지 모르겠습니다."

엄격한 가정교육을 받으며 대를 이어 교사라는 직업을 택한 겸이 어머니는 겸이도 모범이 되는 아이로 자라길 바라고, 그렇게 키우는 것이 부모로서의 본분이라고 생각한다. 그래서 겸이가 평범한 아이들과 다른 행동을 보일 때마다 불같이 화를 낸다. 그런 날이면 겸이의 말더듬은 극심해진다.

"사실은 저도 불안하죠. 학교 선생님은 자꾸 저희한테 겸이 발달검사를 받아보라고 하는데, 겸이는 장애인이 아니잖아요. 그저 말을 더듬을 뿐이죠. 그렇지 않은가요, 선생님?"

겸이 아버지는 아이에게 행여나 '장애'라는 이름표가 붙을지 모른다는 두려움과 어떻게든 이 문제를 해결해야 한다는 중압감을 동시에 느끼고 있었다. 어머니도 마찬가지가 아닐까. 내가 보기에 겸이가 자폐성장애일 가능성은 낮았다. 산만하고 감정 조절이 어렵고 말을 더듬기는 하지만 자폐성장애 아이들에게서 나타나는 사회성 결여를 보이지 않는다. 아마도 학교에서는 ADHD(주의력결핍 과잉행동장애)를 염두에 두고 있는 듯했다. 이런 말씀을 드리자 겸이 아버지의 표정이 밝아졌다. 그러나 안심할 때가 아니었다. 겸이의 말더듬 증세를 악화시키는 원인이 가족 내에 있었으니까.

겸이는 엄마의 의중을 파악하는 데 오랜 시간을 보내고 이를 온전히 내면화하여 행동 지침으로 삼는다. 엄마가 불안하면 겸이도 불안하고, 엄마가 기쁘면 겸이도 기쁘다. 한편 겸이 어머니는 겸이가 장애인이 될지도 모른다는 생각이 들 때마다 숨이 막힌다. 그럴 때면 도무지 정리라는 걸 할 줄 모르는 겸이의 책상을 가리키며 화를 내게 된다. "당장 정리하지 않으면 아주 죽도록 혼날 줄 알아!"라는 말과 함께.

휴직계를 내고 수개월째 정신과 진료를 받는 아내에 대한 안쓰러움, 연민과는 별개로 겸이에게 전이된 불안과 강박을 줄이려면 아버지가 꼭 해야 할 일이 있었다. 겸이 어머니에게 지금 혼자가 아니며 '우리'가 함께 겸이의 문제를 마주할 것이라는 메시지를 전해야 한다. 다행히 겸이 아버지는 그 사실을 알고 있었다.

"제가 할 수 있는 일은 나서서 하려고 해요. 쉬는 날이면 아이를 데리고 공원에 가거나 캠핑을 다녀오려고요."

겸이의 마음을 지켜주기 위해 부모님이 해야 할 일은 이뿐만이 아니다. 겸이를 바라보는 잘못된 시선을 막아주는 방파제가 되어주어야 한다. 가령 명절날 "학교 선생님이라는 사람이 어떻게 가르쳤기에 애가 이 모양이지? 애가 이렇게 될 때까지 부모가 뭘 한 거야?" 하고 수군거리는 친척들로부터 겸이를 지켜주어야 한다.

"아이가 말을 더듬는 것보다 다 큰 어른들이 남 흉이나 보고, 아이 욕이나 하는 게 더 큰 문제지요. 다시는 그런 말씀들 하지 마세요. 계속 이러시면 다음 추석 때부터는 가족 모임이고 뭐고 저희는 참석하지 않겠습니다."

나는 겸이의 마음을 알 것 같았다. 내가 겸이 나이였을 때 열심히 공부할 수 있었던 것도 나를 자랑스러워하는 어머니의 눈빛 덕분이었다. 그 눈빛을 한 번 더 보고 싶어 열심히 문제를 풀었고 다음번에는 틀리지 않아야겠다고 다짐하며 졸린 눈을 비볐다. 그러다 어느 순간 답을 틀리면 영영 그 눈을 볼 수 없으리라는 불안이 찾아왔다.

겸이는 어머니가 자기 때문에 힘들어한다는 걸 안다. 무엇을 하면 화를 내고, 무엇을 해야 기뻐하는지도 너무나 잘 안다. 그래서 힘들어도 학원을 빼먹지 않고 웬만한 문제는 정답 풀이를 안 보고 스스로 한 번에 맞추려 한다. 어쩌면 겸이 어머니도 정답을 찾고 있었는지 모른다. 똑똑한 아이, 말 잘하고 공부 잘하는 아이, 하나를 가르치면 열을 아는 아이로 키워 세상이 말하는 '훌륭한 어머니'가 되고 싶었는지도 모른다. 하지만 어떤 길이든 그 모든 것이 단 한 개의 오답으로 무너진다면 그건 결코 행복으로 가는 길일 수 없다.

혼내는 말, 통제하는 말 대신 겸이가 들어야 할 말들이 있다. 아이들은 거울처럼 행동한다. 자기가 사랑하는 사람을 사랑하고 자기를 기쁘게 하는 사람을 기쁘게 해주고 싶어 한다. 그러면서 쉽게 타인의 요구와 감정을 내면화한다.

"공부 열심히 하네. 어쩜 이렇게 엄마 말을 잘 들어"라는 말을 듣고 자란 아이는 말 잘 듣는 아이가 된다. "네 방을 스스로 정리했구나. 넌 정말 착한 아이야"라는 말을 듣고 자란 아이는 착한 사람이 되고 싶어 한다. 그렇다면 이런 말을 듣는 아이는 어떨까.

"공부를 열심히 하면 똑똑하고 지혜로운 사람이 될 거야. 너도 그랬으면 좋겠다."

"운동을 열심히 하면 건강해질 거야. 네가 건강해지면 나도 무척 기쁠 거야."

하나라도 잘못해서는 안 된다는 강박 대신 나를 위하는 일이 곧 부모를 기쁘게 하는 일이라는 믿음을 갖게 되지 않을까.

겸이의 말더듬은 이후로도 등락을 거듭했다. 한 사람의 말더듬이 이토록 많은 사람의 영향 속에서 자라나고 또 그들의 마음에 영향을 미친다는 것을 알게 되자 막막한 기분이 들었다. 하지만 마음 한편에서는 겸이가 짊어진 것들을 조금씩 덜어내준다면 달라질 수 있을 거라는 희망도 자라났다. 오늘도 누구보다 노력하는 겸이를 보며, 나는 이렇게 말하는 것으로 수업을 시작했다.

"우리는 달라질 거야, 겸아."

기다리는 마음은 결코 틀리지 않아

초등학교 1학년인 루는 학교에서 요주의 인물이다.

"애한테 문제가 있다고 학교 선생님이 그러시더군요."

루의 아버지가 곤혹스러운 표정으로 말했다. 그날 루는 수업이 시작되자마자 소리를 질러댔으며 이를 만류하는 선생님의 손을 깨물었다.

"학기 초니 아직 적응을 못 해서 그럴 수도 있는 거잖아요. 그런데 어떻게 그런 말을, 그것도 장애가 있는 아이한테….."

루의 아버지는 아이에게 '문제'가 있다는 표현이, 그러니 가정에서 상대를 깨물거나 고래고래 소리치는 등 문제 행동을 보일 시에 강하게 제재해 달라고 요구한 점이 못내 서운한 듯했다.

루는 또래 중에서도 덩치가 큰 편이었다. 루가 교실에 들어가지 않겠다고 떼를 쓰거나 소리를 지르거나 몸무림치면 아이들은 금세 겁을 먹었다. 놀란 토끼처럼 선생님 등 뒤로 숨거나 교실 한쪽 구석에 모여 몸을 사렸다. 소리를 듣고 달려온 옆 반 선생님의 도움을 받고서야 가까스로 루를 진정시킬 수 있었던 담임 선생님도 당황스럽기는 마찬가지였다.

작년에도 같은 선생님 반에 발달장애 아이가 있었다. 하지만 루와는 달리 그 아이는 눈을 마주하고 한 번 더 이야기하면 조용히 지시에 따랐다. 어눌하긴 했지만 반 친구들의 말에 곧잘 대답하고 글자도 일부 알고 있을 정도로 학습 능력이 좋았다. 루도 처음 며칠 동안은 비슷해 보였다. 긴장한 모습으로 다른 아이들을 관찰했으며 수업 중에 딴청을 부리기는 했지만 아이들과 함께 이동하거나 선생님 말씀에 집중하는 데 어려움이 없었다.

그런데 개학 후 2주가 지났을 무렵 수업 도중에 루가 갑자기 큰 소리로 노래를 부르기 시작했다. "~하리라"로 끝나는 찬송가였다. 도저히 맥락을 알 수 없었던 선생님은 루를 진정시키려 애쓰며 이유를 물었다. 하지만 루는 "왜?"라는 질문에 대답할 수 없었으므로 더 큰 소리로, 얼굴이 토마토처럼 빨개지도록 노래를 불렀다. 노래는 루가 교실 밖으로 나와 운동장을 가로질러 루 아버지가 기다리는 교문 앞에 이를 때까지 계속되었다. 이후 루의 문제 행동은 거의 매일같이 발생했고, 통제 불능 상태가 되었다.

루 아버지는 눈물을 글썽였고 이야기를 듣는 내내 나 역시 마음이 무거웠다. 그러다 이야기가 다시 담임 선생님에 대한 비난으로 돌아왔다.

"설령 그렇다고 해도 학교에서 더 신경을 써주셔야죠. 어떻게 아이에게 문제가 있으니 더 엄하게 키우라는 말을 아무렇지도 않게 할 수 있습니까?"

나는 루의 돌발 행동이 뒤늦게 나타난 건 그동안 눈치를 보았거나, 교실을 통제하는 사람인 선생님에 대해 파악하느라 그랬을 거라는 가설을 내놓았다. 담임 선생님의 메시지는 루나 루의 아버지를 비난하려는 목적이 아님을, 주 양육자와 함께 아이의 행동을 통제할 방안을 찾으려는 노력의 일환임을 말씀드렸다.

장애아동의 부모에게 아이의 '문제 행동'은 결코 아이만의 문제로 받아들여지지 않는다. 이를 지적하는 것은 보호자의 양육 방식이 잘못되었다는 뜻으로 읽히기 쉽다. 뾰족한 해결 방법이 없는 상황에서 루의 행동으로 인해 같은 반 아이들이 불편을 겪었다는 이야기는, 듣는 사람으로서도 어떤 답을 드려야 할지 난감하다. 누가 이 상황을 해결할 수 있단 말인가. 아이를 통제하려 해도 말을 알아듣기는커녕 더욱 거세게 저항한다. 부모가 수년 동안 노력해도 어찌할 수 없는 것을, 학교에서 책임을 묻듯 말하니 답답한 것이다.

학교 선생님도 난감하기는 마찬가지다. 돌보아야 할 아이가 루 하나가 아닌 상황에서 수업이 진행되지 않을 때 할 수 있는 조치는 많지 않다. 보호자에게 알려 아이가 그런 행동을 하지 않도록 단단히 주의를 주게끔 하는 것 외에는.

루처럼 감정 조절이 어렵고 돌발 행동이 빈번한 아이는 신경정신과 진단을 받아 과잉행동을 억제하는 약물치료를 받기도 한다. 행동치료나 놀이치료도 도움이 될 수 있다. 담임 선생님은 이 모든 대안을 보호자께서 고려하여 루의 학교 수업을 도와주십사 하는 마음이었을 것이다. 보호자도 학교도 전적으로 책임질 수 없으니 서로 도움을 받아야 하는 상황이다.

루처럼 학교에서 돌발 행동을 보이는 사례는 많다. 집에서는 유순한 아이가 학교에만 가면 자리에 앉지 못하고 교실 안을 맴돈다. 이 아이는 이렇게나 많은 또래 아이들과 오랜 시간을 보낸 적이 없다. 게다가 자기를 돌봐줄 부모님도 보이지 않는다. 부모님처럼 어른인 담임 선생님이 있지만 낯설고 무섭기만 하다. 머릿속엔 온통 집에 가고 싶다는 생각뿐이다. 지정된 자리에 앉으면 곧바로 벨트 같은 것이 채워져 종일 움직이지도 못한 채 붙들려 있을 것 같다. 다시는 집으로 돌아갈 수 없을 것만 같아 두렵다.

학교에 입학한 아이들은 새로운 상황에 직면한다. 가족이 아닌 낯선 어른의 지시를 따라야 하며, 그 사람의 마음에 들려면 지금까지와는 다른 행동을 보여주어야 한다. 교실에 있는 아이들과 선생님의 관심을 나눠가져야 한다. 호기심 많고 적극적인 아이라면 너무도 신나는 일이겠지만 방어적이고 신중한 아이라면 불안할 수밖에 없다. 그래서 어떤 아이는 멀리서 교문만 보여도 배가 아프다며 화장실을 찾는 반면 어떤 아이는 엄마 손을 놓고는 뒤도 돌아보지 않고 쌩하니 교실로 뛰어든다.

발달장애 아이들도 저마다 개성이 있다. 혼자 멀찍이 떨어져 앉아 손장난을 하는 아이도 있고 친구들 뒤를 졸졸 따라다니는 아이도 있다. 하지만 감각적으로 예민한 발달장애 아이들에게 교실 환경은 분명 커다란 스트레스 요인이다. 아이들이 떠드는 소리, 선생님이 교탁을 두드리는 소리, 창문 밖에서 들려오는 호루라기 소리, 게시판에 걸린 아이들의 그림들, 형광등 불빛, 수많은 아이의 얼굴…. 새롭게 파악해야 할 것들, 집중해야 할 것들이 끊임없이 아이의 감각과 사고를 자극한다. 혼란스럽다. 신경이 날카로워진다. 루를 자극한 것은 무엇이었을까. 심리적인 불안감일까, 과도한 감각 자극일까. 혹은 둘 다일까.

아버지께 들은 이야기와 언어치료 수업 시간에 보인 루의 행동을 미루어 보았을 때, 루를 패닉 상태에 빠뜨리는 기폭제는 감각 자극이 아니었다. 그것은 '아니야' 혹은 '틀렸어'라는 말이었다. 루는 그 말을 듣거나 그와 같은 메시지를 담은 표정이나 눈빛을 볼 때마다 발작하듯 소리를 질렀다.

루는 숫자를 읽을 수 있다. 그래서 '1-2'라고 쓰인 팻말에서 숫자 1을 읽고 교실로 들어가려는데 한 아이가 팔을 붙잡는다. "아니야, 여기는 2반이야. 넌 1반으로 가야 해." 당황하고 흥분한 루는 그만 그 아이의 팔을 깨문다.

급식 시간에 자기가 좋아하는 짜장면이 나와 기분이 좋아 보이는 루에게 선생님이 이렇게 묻는다.

"맛있어? 루는 짜장면을 좋아하는구나."

그러자 루가 대답한다.

"맛있어? 루는 짜장면을 좋아하는구나."

루는 말을 잘 따라 한다. 하지만 질문과 대답을 구분하지는 못한다. 선생님은 친절하게 루에게 적당한 대답을 알려주신다.

"아니지, 루. '네, 좋아해요'라고 말해야지."

루는 그만 젓가락을 내던지고 식당이 쩌렁쩌렁 울리도록 소리를 지른다.

❧

루에게 '틀렸어', '아니야'라는 말은 처벌을 의미한다. 식탐이 많은 루에게 '아니야!'는 지금 먹고 있는 음식을 빼앗는 말이다. 공부에 지친 루에게 '틀렸어!'는 방금 풀었던 문제를 맞출 때까지 계속해서 풀어야 한다는 말이다. 물장구를 좋아하는 루에게 '아니야!'는 다음번에는 욕조 수도꼭지를 틀어놓고 그 안에서 첨벙첨벙할 수 없다는 말이다. 안타깝게도 "죄송해요. 다음번에는 흘리지 않고 먹을게요", "너무 어려워요", "잘 모르겠어요", "5분만 물장난하고 그만하면 안 돼요?"라고 말할 수 없는 루는 답답한 심정을 울거나 소리치는 것으로 드러낸다. 이런 행동은 더 큰 처벌을 불러왔고 결국 루는 부정의 말을 들을 때마다 자기도 모르게 패닉 상태에 빠진다.

루 아버지가 학교 선생님으로부터 루의 행동에 문제가 있다는 말을 들었을 때 처음으로 느낌 감정도 '내가 잘못했단 말인가, 이렇게나 힘들게, 사력을 다해 아이를 돌보고 있는 데?'였는지 모른다. 진단을 '지적'으로 받아들이면 좋은 대안을 만들기 어렵다. 잘못된 것은 내가 아니라 세상이라고 항변하고 싶어지기 때문이다. 위로받고 싶었던 마음이 받아들여지지 않은 데 대한 실망도 컸을지 모른다. 학교에서조차 받아주지 않는다면 도대체 어디서 이 고통스러운 삶의 무게를 나눌 수 있단 말인가.

이상적인 부모나 모범적인 어린이, 행복의 조건 같은 것이 '정답'처럼 주어지는 세상에서는 모두가 '틀렸다'라는 강박에서 자유로울 수 없다. 루가 학교생활을 하면서 틀렸다는 말을 듣지 않을 수는 없을 것이다. 그런 루에게 나는 어떤 말을 들려주어야 할까. 루와 가족들이 앞으로 살아가면서 세상으로부터 듣게 될 부정의 말들을 생각하자 마음이 무거워졌다.

❧

아버지를 만난 다음 날부터 나는 과제의 난이도를 낮추기로 했다. 그리고 맞지 않고는 배길 수 없도록 문제의 답을 미리 적어서 루에게 주었다. 루의 특기인 모방도 활용했다. '날아다니는 탈 것'으로 참새나 자전거를 골랐을 때 '아니야',

'틀렸어'라는 말을 생략하고 곧바로 "정답은 비행기입니다" 하고 루가 해야 할 말을 제시했다. 그러면 긴가민가하던 루가 그 말을 따라 하면서 위기의 순간을 잘 넘길 수 있었다.

틀리거나 맞지 않는 활동, 즉 함께 책을 읽는다거나 노래를 듣는 활동과 함께 '아무것도 묻지 않기'를 시도했다. 질문 없는 대화는 내게도 생소했다. 하지만 아주 어렵지는 않았다. 루도 그 순간만큼은 편안해 보였다.

루 아버지께도 두 가지 당부를 드렸다. 아이의 문제 행동을 통제할 때 간단한 지시문을 사용하시라고 권했다. "세면대 물 너무 오래 트는 거 아니야" 대신 "지금 수도꼭지를 잠그자"라고, "아니, 티브이 소리가 너무 크잖아. 소리를 낮춰야지" 대신 "리모컨의 빼기 버튼을 누르자"라고 말하는 것이다. 다른 하나는 루의 학습량 줄이기였다. 루는 집에서 줄곧 문제집을 풀었는데 그 수준이 루의 언어 이해력을 훨씬 상회하고 있었다. 루의 아버지는 일찌감치 책을 읽고 글을 쓸 수 있었던 루에게 기대가 컸다며 그동안 학습량이 과도했음을 암시했다.

발달장애 아이들을 대하는 어른들의 마음은 초조하다. 그래서 한 번에 두 계단씩 올라야 다른 아이들을 따라잡을 수 있다며 등을 떠민다. 스스로 걸어 오르기를 기다리는 대신 시간이 없다며 어른들이 대신 안고 오르기도 하고, 올라야 할 계단을 건너뛰기도 한다. 하지만 그 결과가 좋았던 적은 없다. 오히려 아이들의 문제 행동을 키우고 어른들은 쉽게 지친다. 그 길의 끝에서 만나는 것은 '우린 틀렸어', '나는 안 돼' 같은 좌절뿐이다.

발달장애 아이들에게는 성취의 경험이 필요하다. 그러나 현실에서 성취를 경험하는 일은 드물다. 판단 기준이 '평균'이기 때문이다. 중요한 것은 계단의 높이다. 계단이 높으면 스스로 오를 수 없고, 남이 오르게 해주면 성취의 기쁨이 없다. 한편 기대치가 높으면 아이의 성취를 당연한 것으로 여겨 칭찬해주지 않는다. 발달장애 아이들과 함께하려면 계단의 높이를, 기준을 다시 정해야 한다. 여기에는 어른들의 결심이 필요하다. 아이들을 믿고 기다리는 마음은 틀리는 법이 없다.

✿

차이를 건너는 법

삼촌은 어렸을 적에 소아마비를 앓아서 한쪽 새끼발가락이 기형이었다. 그 탓에 다리를 절었지만 특별 제작한 오른쪽 구두를 신는다는 것만 빼면 내가 만나는 다른 어른들과 달라 보이지는 않았다. 그래서 나랑 잘 놀아주고 기타를 치는 모습이 멋있어 정말 닮고 싶은 사람이었던 삼촌이 어른들이 불길하게 쑥덕거리는 '장애인'일 거라고 생각지 못했다.

가끔 지하철에서 목발을 짚은 사람이나 팔이 기형인 사람이 나눠주는 흰 종이를 받았다. 거기에는 "저는 어려서…"로 시작하는 기구한 사연이 적혀 있었다. 불쌍하다고는 생각했지만 그들의 삶을 장애와 연결 짓지는 못했으며 남들에게 베풀 생각이 요만큼도 없었던 나는 종잇장을 좌석에 올려둔 채

자리를 떴다.

어린 시절 텔레비전이나 영화에서도 장애인의 모습은 찾아볼 수 없었다. 간혹 다친 사람, 사고를 당한 사람이 나왔지만 그들은 잠깐 손이나 발을 쓰지 못할 뿐 장애인은 아니었다. 그냥 불행한 사람이라는 생각이 들었을 뿐이다.

내 주위에 수많은 장애인이 살고 있음을 깨달은 건 직업적으로 그들과 만나게 되면서였다. 가장 많이 만난 이들은 발달장애 아동이다. 발달장애라는 말은 광범위하게 쓰이는데, 정확히는 정상 발달 범주에서 일정 수준 이상 벗어난 상태를 말한다. 자폐성장애, 지적장애, 신체장애 등이 여기에 속하지만 좁은 의미로는 자폐성장애만 가리킬 때도 있다. 소위 '자폐아'로 불리는 아이들이다.

발달장애 아이들은 개성이 강하다. 어떤 아이는 지적장애만 있지만 어떤 아이는 신체장애, 지적장애, 자폐성장애의 특성을 모두 보인다. 자폐성장애만 놓고 보아도 그 양상이 천차만별이다. 인지 수준이 낮아서 일상생활에 보호자의 도움이 필요한 아이들이 있고, 학습 능력이 또래 아이들과 1~2년 차이밖에 나지 않는 아이들이 있다.

장애인복지관에서 만난 발달장애 아이들은 내가 그동안 상상하던 '장애인'과는 달랐다. 휠체어에 얌전히 앉아서 반갑게 손을 흔드는 아이는 드물었다. 어딘가 동작이 어색한 아이들이 뜬금없이 소리를 지르거나 몸을 흔들면서 복도를 뛰어다녔다. 복지관을 이용하는 비장애인 아이들은 깜짝깜짝 놀라기도 했고 어른 뒤에 숨기도 했다. 거기 있던 어른들은 이게 웬일인가 싶어 눈이 휘둥그레지는 사람들과 또 그런다 하며 눈살을 찌푸리는 사람들로 나뉘었다. 나는 차분하게 아이들을 지켜보려 노력했다. 시간이 지나면서 아이들에게 익숙해지자 오히려 함께 있으면 마음이 편했다. 그들은 내게 관심이 없었다. 뭐 하는 사람인지, 왜 왔는지 묻지도 않았다.

어른들은 상대가 어떤 사람인지 알고 싶어 한다. 그것도 아주 빨리. 직업을 묻고 사는 곳을 묻고 아파트 평수를 묻고 어느 학교를 나왔는지, 자동차는 있는지, 있다면 중형인지 외제인지 따위를 궁금해한다. 그 사람이 가진 것을 통해 나와 같은 부류인지, 가까이해도 좋을지, 멀리해야 할지 바로 판단하고 싶어 한다. 어른들은 자기를 있는 그대로 드러내려 하지 않는다. 서로를 이름 대신 회사의 직급이나 직위, 가족의 호칭으로 부른다. 대리님, 부장님, 사장님, 때로는 어머님, 이모님. 가족이나 회사에서의 위치가 곧 그 사람인 관계는 따분하다.

발달장애 아이들은 사람을 나무나 바위, 하늘 같은 자연처럼 대한다. 지금 있는 그대로의 나를 바라본다. 나는 나를 판단하지 않는 이 아이들과 친구가 되고 싶었다. 아이들의 마음은 그들이 사는 반지하 방 창문으로 들어오던 햇살만큼이나 나를 가볍고 따뜻하게 했다. 이 아이들을 정기적으로 찾아오는 유일한 어른이 나라는 걸 알고 나서는 마치 아이들이 기다리는 유일한 손님이 된 기분이 들었다. 갈 때마다 선물을 주고 싶었다. 결과적으로 잔뜩 받은 건 나였지만.

그들에게서 받은 것이 내 안에는 셀 수 없이 많다. 그들은 자기 연민에 빠져 있느라 주변을 보지 못했던 나를 반성하게 했다. 부모님의 사랑과 함께했던 어린 시절의 추억이 얼마나 소중한지도 다시금 깨달았다. 무엇보다도 사람을 외양이나 조건으로 따지지 않고 있는 그대로 좋아할 줄 아는 선한 마음을 받았다.

하지만 항상 좋은 시간을 보냈던 건 아니다. 몇 번을 반복해야 목적한 바를 해낼 수 있을지, 언제까지 똑같은 과제만으로 수업을 지속해야 할지 막막하고 속상할 때도 많았다. 이유를 알 수 없는 문제 행동 앞에서 애를 먹기도 했다. 그럴 때면 아이들이 원망스러웠고 때로 도망치고도 싶었다.

하지만 정작 아이들은 이런 나의 마음과는 상관없이 그들만의 세계에 머물렀다. 초조와 불안, 섣부른 희망 같은 것을 안고서는 그들의 세계에 들어설 수 없다는 사실을 서서히 깨달았다. 그러자 마음이 편해지면서 아이들 앞에서 자주 웃게 되었다.

그들이 소리를 지르거나 손을 흔들거나 똑같은 말을 반복하는 데는 별다른 의도가 없다. 상대를 기분 나쁘게 하거나 위협하거나, 일부러 분위기를 험악하게 만들려고 그러는 것이 아니다. 그걸 알고 나면 누구든 "안녕, ○○아. 잘 있었어?" 하고 반갑게 인사할 수 있다.

지금까지 만나온 장애인들은 모두 꿈을 꾸고 희망을 말했으며, 좌절하고 갈등하고 사랑하고 미워하고 실망하고 질투하며 살았디. 가까워질수록 눈에 띄었던 다름보다는 우리가 함께 가지고 있는 것들이 보였다. 다만 그들은 다른 이에게 자신을 알릴 충분한 기회를 얻지 못했다.

서로를 이해하는 가장 좋은 방법은 익숙해지는 것이다. 그러려면 사람들이 지금보다 훨씬 더 자주 장애인을 만나야 한다. 영화와 드라마에 평범한 장애인이 더 많이 등장하고 더 많은 장애인이 집 밖으로 나와 공원에서 마트에서 카페에서 우리와 만날 수 있어야 한다(그러려면 우선 이동권이 확보되어야 한다). 서로 가까워질수록 서로의 모습은 더 자연스럽게 느껴진다. 차이는 더이상 서로를 떨어뜨려 놓는 간극이 아니라, 우리를 연결하고 관계를 확장하는 소중한 전제가 된다.

그렇게 장애인은 삼촌이 되고 내 형제와 이웃이 된다.

2부

아이들은 언제나
말하고 싶어 한다

언어로 채워진 세계

"어떻게 하면 아이가 말을 잘하게 할 수 있을까요?"

부모 상담 시간에 가장 많이 받는 질문이다. 그럴 때면 아이의 언어 수준을 고려하여 구체적인 방법을 알려드리려고 노력한다.

"단어 표현이 나오지 않는 상황이라면 발성 연습을 먼저 시작하세요. 아이에게 '어어' 혹은 '음아'와 같은 말소리를 연습시키는 거예요."

아이가 소리를 낼 때까지 아이가 원하는 물건을 어른이 손에 들고 기다리는 것도 방법이다. 자신이 '소리'를 내고 있다는 걸 의식하고 그 소리가 타인의 행동을 유발한다는, 말의 수단적 기능을 깨닫게 하는 것이다.

한 단어라도 말할 수 있는 아이는 단어와 단어를 붙여 문장을 구성하는 데 주안점을 둔다. 아이가 "엄마"라고 말하면 어른이 "엄마, 배고파"와 같이 더 긴 구절(문장)을 제시한다. 사실 이런 기술들은 이미 많은 양육자가 아이와 대화할 때 쓰는 방법들이라 "그건 이미 하고 있어요"라는 답을 많이 듣는다. 여기에는 '새로울 게 없네요. 언어치료사들이 쓰는 특별한 방법을 알려주세요'라는 뜻이 담겨 있다. 그러나 그런 의미의 '특별한' 방법이 언어치료에 달리 없다는 게 내 생각이다. 차이가 있다면 양육자들이 일상에서 쓰는 방법을 치료사들은 아이들의 발달 단계에 맞춰 차별적으로, 그리고 집중적으로 사용한다는 점이다. 눈을 마주치며 큰 소리로 말하기, 선명한 표정과 과장된 몸동작으로 아이의 흥미 유발하기, 아이의 말을 따라 하거나 고쳐주면서 피드백 주기, 새로운 말 알려주기 등이 그 예다. 지금의 양육자들도 어린 시절 비슷한 경험을 통해 모국어를 습득했다.

대화와 놀이는 아이의 언어적·정서적·사회적 발달을 돕는 효과적인 활동이다. 그래서 놀이처럼 자연스럽게 대화할 수 있는 계기를 만드는 방법이나 아이가 말을 걸어왔을 때 어른의 바람직한 응답 방식, 아동 언어 발달과 관련해서 알아두면 좋은 점 등을 덧붙인다. 이론에 기반한 것도 있지만 상당 부분 경험에서 얻은 것이다.

치료실 밖 강연장에서도 아이와 대화가 잘 이루어지지 않는 이유에 관해 질문을 받는다. 말이 너무 많아서 탈인 아이, 산만하고 집중이 안 되는 아이부터 발화 자체가 없거나 발달 전반이 우려되는 아이까지 사례는 다양하다. 워낙 개인차가 크다 보니 만나보기 전에는 아이의 상태를 단정할 수 없다.

비장애 아동이라면 아이를 대할 때 어른들이 갖추어야 할 태도 등을 중점적으로 말씀드린다. 아이들이 말을 붙였을 때 어른이 준비된 모습을 보이는 것(아이에게 주목하기, 하던 일 멈추고 돌아보기 등)부터 아이의 말 끝까지 경청하기, 중간에 끊고 어른이 말하지 않기, 그 자리에서 잘못된 점 지적하지 않기 등이 있다. 어른들도 알고 있지만 실천은 쉽지 않다. 그래서 많은 경우 나의 역할은 질문자가 이미 아는 답을 다시 한 번 확인해주는 것이다.

여기서 '대화가 잘되지 않는다'는 말에는 두 가지 의미가 내포되어 있다. 하나는 대화 당사자 모두 언어 기능에는 문제가 없지만 그저 말이 잘 안 통한다는 의미, 다른 하나는 '혹시 아이의 발달에 문제가 있어서 그런 게 아닐까요?' 하는 의구심이다. 그러나 대화가 어려운 아이들이라고 해서 꼭 언어 발달이 지체된 건 아니다.

요즘은 인터넷을 통해 손쉽게 언어발달 관련 자료를 얻을 수 있다. 덕분에 양육자가 아이가 잘 자라고 있는지 지켜보면서 도움이 필요한 상황이 생기면 즉시 전문가를 찾아갈 수 있다. 최소한 아이들이 방치되는 일은 줄어든다.

그러나 단점도 분명하다. 언어발달 평가는 목표 점수를 충족하는지 여부로 평가하지 않는다. 어떤 시험을 보고 '100점 만점에 50점 이하는 언어발달지체'라는 식으로 진단하지 않는다는 뜻이다. 언어발달 평가는 '또래와 비교했을 때 어느 정도 수준을 보이는가'로 이루어진다. 어떤 아이의 평가 값이 평균을 일정 정도 이상 벗어나면 이를 언어발달지체(지연) 혹은 언어발달장애로 진단한다. 그러다 보니 아이의 언어 수준을 다른 아이와 비교하며 걱정하는 일이 많아졌다

"16개월 아이인데도 엄마, 아빠라는 말밖에 못 해요. 옆집 애는 같은 나이인데도 벌써 '우유'라는 말도 하고 '뽀로로'라고도 하는데, 우리 애는 한 번도 그런 적이 없어요. 혹시 언어발달에 문제가 있는 걸까요?"

표현하는 어휘가 다양하지 않다고 해서 언어발달이 지체되었다고 단정할 수는 없다. 여러 가능성이 있기 때문이다. 가령 아이는 표현을 했는데 어른이 못 알아들었을 수도 있다. 아이가 우유를 가리키며 '어으'라고 일관되게 말한다면

그건 '우유'라고 말한 것이나 다름없다.

말할 수 있지만 입을 열지 않는 경우도 있다. 아이가 해야 할 말을 어른이 대신 해주거나 굳이 말할 필요가 없게끔 미리 챙겨주기 때문이다. 이외에도 언어발달이나 표현에는 무수한 요인이 있다. 모든 가능성은 객관적인 평가를 통해 확인되어야 하지만 많은 양육자가 이를 꺼린다. '혹시 내 아이가…' 하는 마음 때문이다.

아이들과의 소통 문제는 어른들에게 불안을 심어준다. 아이가 언어적으로 조금만 이상한 기색을 보여도 쉽게 비약에 빠진다. 자폐, 발달장애, 인지(지적)장애 등 인터넷 게시판에 떠도는 무서운 말들이 양육자의 마음을 걱정으로 가득 채운다. 이때쯤이면 아이의 말 문제는 단순한 소통의 범주를 한참 벗어난다.

불안해하는 양육자에게는 아이와 소통이 잘되지 않을 때 먼저 확인해야 할 것들을 자세히 말씀드린다. 아이가 눈을 잘 맞추는지, 생활 소음에 반응하는지, 주변 소리를 잘 듣는지, 소꿉놀이는 좋아하는지, 어른들의 질문을 회피하거나 딴청을 부리지는 않는지. 아이들과 대화가 어려운 데에는 여러 요인이 작용하니 정확한 진단을 받는 것이 좋다는 말씀도 빼놓지 않는다. 양육자의 예상과 달리 검사 결과 정상 범주로 나오는 경우가 많기 때문이다.

하지만 굳이 검사를 해보지 않아도 발달에 문제가 없음을 알 수 있는 질문도 있다.

"예전에는 말을 곧잘 했는데 요즘은 도통 입을 안 열어요. 퇴근하고 집에 가면 귀찮을 정도로 옆에 와서 재잘재잘 떠들던 아인데 요즘은 영… 무슨 문제라도 생긴 걸까요?"

아이들의 언어는 특별한 사고나 질병이 없는 한 퇴행하지 않는다. 재잘재잘 말하던 아이가 갑자기 입을 닫은 데는 분명 이유가 있다. 이 아이는 부모님과 대화하고 싶었을 것이다. 그러나 어떤 이유로 아이의 마음이 돌아선 것뿐이다.

그럴 때면 머릿속에 커다란 물음표가 생긴다. 언어발달에 아무런 문제가 없음에도 소통이 안 되는 상황은 어떻게 설명할 수 있을까? 말은 정말 '기능'만의 문제일까? 왜 우리는 말할 수 없는 걸까?

대화는 많은 것을 요구하지 않는다. 말하는 사람과 듣는 사람이 있다면 언제든 성립할 수 있다. 그러니 지금 누군가 말하고 싶지만 대화할 수 없다면 그 이유는 딱 하나다. 이야기를 들어줄 사람의 부재(不在).

아이들은 어른들과 대화하고 싶어 한다. 하지만 어른들은 늘 바쁘다. 어렵게 기회가 마련됐다고 해도 대화는 일방적으로 흐른다. 어른의 눈에 미숙한 것투성이인 아이들의 말을 끝까지 들어주려면 인내심이 필요하다. 참지 못하고 그만 잔소리를 늘어놓게 된다. 이런 경험이 쌓이면 아이들은 입을 닫는다. 그리고 이야기를 들어줄 다른 대상을 찾아 나선다.

✦

어린 시절 내가 만났던 친절한 어른들을 기억한다. 그들은 내게 많은 이야기를 들려주었다. 우리 동네 세탁소 주인은 학교를 졸업하기도 전에 지금의 아내를 만났고 몇 개의 도시를 거쳐 내가 등곳길로 오가던 골목 한쪽에 보금자리를 마련했다. 어느 바닷가 도시에 살 때 세상 끝까지 갈 수 있는 배가 정박해 있어서 한때 몰래 그 배를 타고 인도양을 건널 생각을 했었다고 고백한 적도 있었다. 그때 나는 '인도양'이라는 낱말을 처음 알게 되었다. 호칭 같기도 하고 동물 같기도 한 그것이 광대한 바다라는 걸 깨달았을 때의 경이로움을 나는 지금도 기억한다.

해 질 녘 뜨거운 열기가 가라앉은 골목길 평상에 걸터앉아 있던 페인트공 아저씨는 오늘 칠을 마친 건물이 어찌나 보기 좋았던지 앞으로 돈을 많이 모으면 꼭 그런 집을 짓겠다며 내 볼따구니를 꼬집었다. 나는 그의 입을 통해 '외벽'이라든가 '색채', '혼합' 같은 낱말을 들을 때마다 미지의 세계 한복판으로 이끌려 온 듯 신비로운 기분에 사로잡혔다. 그분이 앞으로 짓게 될 알록달록한 집을 그려보며 상상의 나래를 펼치기도 했다. 나는 어른들의 이야기를 들으며 세상이 끝도 없이 넓고 셀 수 없이 많은 생각과 사건들로 이루어져 있음을 실감했다. 한편으론 나도 얼른 커서 이런 이야기를 해주는 어른이 되고 싶었다.

어른이 된 지금 아이들과의 대화는 늘 재미있다. 아이들은 순수하게 즐거워할 줄 알고 아주 작은 일에도 행복을 느낀다. 너무도 당연한 일을 궁금해하고, 깨닫는 즐거움을 다른 사람도 느끼게 해주는 능력이 있다. 아마도 그때의 어른들도 나와 이야기하는 게 정말 즐거웠는지 모른다. 그런데 왜 어른들은 점점 아이와 대화하는 기쁨을 잊어가는 걸까.

자기 말을 들어주는 사람과 앞으로도 오랫동안 함께할 수 있다고 믿는 사람은 행복하다. 어른은 아이들에게 그런 존재가 되어야 한다. 어려운 일이 아니다. 아이의 말에 귀 기울여주는 것만으로 아이들은 위안을 얻고 용기를 낸다. '나는 어른이니까' 하며 거리를 두는 마음과 본받을 만한 사람이 되어야 한다는 부담감은 오히려 대화를 가로막는다.

아이가 갓난아이 때는 이런 걱정이 덜하다. 그래서 활짝 웃으며 그 앞에서 손뼉을 치며 까꿍 놀이를 할 수 있다. 그러다 아이가 엄마, 아빠라고 말하며 손을 내미는 순간이 찾아오면 슬슬 부담을 느낀다. 사회가 만들어놓은 '이상적인 부모상' 때문이다. 항상 웃는 얼굴로 아이를 대하면서 훈육에도 최선을 다하는 다정하고 엄격한 부모의 역할과, 아이와 놀이를 하고 캠핑이나 체험학습 등을 함께하며 사려 깊은 친구의 역할을 동시에 해내야 한다. 경제적 능력도 중요하다. 유명 브랜드의 안전하고 깨끗한 육아용품, 값비싸지만 남다른 퀄리티를 자랑한다는 교구와 장난감부터, 입시와 교양을 위한 각종 학원비와 대학 등록금 등 아이가 독립할 때까지는 큰돈이 든다.

다섯 살배기 아이와 신나게 놀다가도 불쑥 이런 걱정이 찾아오면서 심란해진다. 겨우 유치원에 갔을 뿐인데 벌써 진로가 걱정이다. 그러다 아이가 자라 학생이 되면 대화는 뜸해지고 어쩌다 나누는 대화도 지시나 걱정, 설명이 된다. 공교롭게도 이 시기는 양육자들이 치열한 생존 경쟁의 한복판에서 밀려나지 않으려 안간힘을 쓸 때와 겹친다. 사회적 역할에 집중하느라 마음을 나눌 여유는 없고, 오히려 밖에서 오는 불안만 더해져 걱정을 잔소리로 쏟아내고 마는 것이다.

'어제 엄마랑 어떤 이야길 했어?', '아빠랑 즐거웠던 추억이 있니?'라는 질문에 즐거운 얼굴로 대답하는 아이들이 점점 줄어든다. 어떤 사람이 역할로만 남는다는 것은 빈집처럼 공허한 일이다. 가족이라는 집은 언어로 채워져야 한다. 문을 열었을 때 기쁨과 슬픔, 추억, 성장, 안심, 서운함, 화해가 담긴 무수한 말들과 만날 수 있어야 한다. 아빠와 엄마라는 말이 가족 내 역할을 지칭하는 이름에 머물지 않고 아이가 살아갈 안온한 세계를 이루면 좋겠다.

🍀

회복과 기다림의 언어

요즘 언어치료실에서 '자폐는 아닌데 자폐 증세가 있는' 아이를 만나곤 한다. 그중 한 아이는 상대방의 말을 알아듣는 것처럼 보였지만 대화는 이루어지지 않았고 함께 놀이를 하는 상황에서도 혼자 있는 것처럼 행동했다. 수업하는 몇 달 동안 간단한 것을 묻고 답하는 대화가 가능해졌지만, 가지고 노는 장난감도, 노는 시간도 패턴화되어 있는 상태는 쉽게 바뀌지 않았다. 주 양육자는 아이와 상호작용이 어려워진 것이 매일 동영상만 보게 두었기 때문인 것 같다고 후회했다.

"애를 맡길 데도 없고, 자영업을 하다 보니 가게 한쪽 방에 애를 혼자 뒀어요. 일하느라 바빠 챙겨줄 시간은 없고… 텔레비전으로 애들 보는 만화를 틀어주거나 키즈폰을 쥐여주기도 했어요. 그 어린애가 온종일 동영상만 본 거예요. 지금 생각하면 후회스럽고 그때 왜 그랬나 싶은데, 눈코 뜰 새 없이 바빴고 다른 방법도 몰랐으니까요.”

이른 시기부터 미디어에 과도하게 노출된 아이들이 간혹 자폐 증세를 보이는 경우가 있다. 일찌감치 강한 시청각 자극에 노출되면서 일상의 자극에 둔감해진 것이다. 이런 상황이 지속되면 사람과의 상호작용이 어려워지면서 사회성은 물론 정서 발달에도 문제가 생긴다. 아이가 세 살이 지나도록 이름을 묻는 간단한 질문에도 대답을 못 하자 보호자들은 아이와 함께 병원을 찾았고 언어발달지연 판정을 받았다.

정이도 자폐는 아니지만 자폐 증상을 보이는 아이였는데 미디어 노출 탓이 아니었다. 수업을 시작하고서도 한참이 지난 후에야 부모로부터 그 이유를 들을 수 있었다.

“엄마들끼리 모여서 이야기하다 보니 정이 같은 행동을 보이는 애들이 많았더라고요.”

어린이집 앞에만 가면 자지러지게 울고, 가만히 있다가 갑자기 동생을 때리고, 온종일 멍하니 텔레비전만 보고, 어른도 생전 처음 듣는 욕을 하는 등 정이와 같은 어린이집을 다닌 아이들은 비슷한 이상 행동을 보였다.

"생각지도 못했죠. 애들한테 그런 짓을 하고 있을 거라고
는. 바로 애들을 데려오고 부모들이 뭉쳐서 어린이집이랑 한
참을 싸웠어요. 사과도 요구하고, 아이들 치료받을 수 있게
보상도 받고. 그때 생각만 하면 지금도 눈물이 나요. 정이가
그동안 얼마나 힘들었을까."

맞벌이 부부였던 정이네는 생후 3개월부터 어린이집에
아이를 보냈다. 아침 출근길에 맡겼다가 저녁이 되어서야 아
이를 데려왔다. 때로는 부부가 밤늦게까지 야근하는 날도 있
었다. 그러다 네 살이 되도록 정상적인 대화가 되지 않고 혼
자 앵무새처럼 동화책 이야기만 되뇌는 아이가 너무 걱정되
어서 대학병원에서 발달검사를 받았고, 조언을 얻고자 육아
카페에 고민을 올렸다가 같은 어린이집을 다니던 다른 아이
들도 비슷한 증상을 겪었다는 걸 알게 되었다. 그때 아동학
대의 징후를 알아챘고 보호자들이 합심해 사태를 수습하기
까지 1년이 넘게 걸렸다.

검사 결과는 '자폐 아님'으로 나왔다. 다만, 언어와 사회성
이 또래에 비해 낮아 치료 수업을 권유받았다. 마음이 놓이
지 않았던 부모는 전국에서 소아과가 가장 유명하다는 병원
을 찾아가 한 번 더 '확실한' 검사를 받고 싶어 했다. 대기 시
간만 6개월. 이듬해 봄에 검사를 앞두고 있었다.

정이는 상호 소통에 소극적이다. 물어도 대답하지 않는다. 대신 다른 말들을 늘어놓는다. 상대가 의도하는 주제로 대화가 이루어지지 않는다는 뜻이다.

"정아, 이건 사과야. 정이도 먹어봤지. 사과 맛있어?"

"우주의 괴물을 물리치자! 힘을 합쳐 싸워야 해!"

역할을 나누어 대화를 주고받는 놀이를 시도했지만 관심이 없거나 거부했다.

"정아, 우리 병원놀이 하자. 내가 아픈 사람 할게, 정이가 의사해. 시작한다. 똑똑 저는 곰돌이에요. 배가 아파요."

"⋯."

"선생님, 선생님, 배가 아파요. 엉엉."

"(책꽂이를 쳐다보다 동물 그림책을 가져와 혼자 펼쳐봄)⋯."

언어발달 검사를 해보니 어휘력은 정상 범주였지만 사회성이 또래보다 떨어져 주의관찰이 요망되는 상황이었다. 무엇보다도 자연스러운 대화가 어려웠다. 멍한 눈으로 상대를 바라보다가 휙 돌아설 때가 많았다. 정이는 내가 제시하는 모든 것에 무관심했다. 그것이 놀이든 신기한 장난감이든. 외부 자극에 둔감한 정이의 관심을 끌려고 더 큰 소리로 말하고 더 알록달록하고 자극적인 놀잇감들을 제시했다.

무덤덤한 아이와 달리 부모는 무척 불안정하고 예민한 상태였다. 부모는 상황이 여기까지 온 데에 대한 책임을 모두 자기에게 돌렸다. 먹고사느라 바빠서 아이에게 신경을 못 썼다고, 자기들은 부모 자격이 없다고 자책했다.

"아이들을 억지로 재우려고 수면젤리까지 먹였대요. 안 먹으면 다신 밥 안 준다고 협박하고 어른들도 듣기 힘든 욕을 했대요. 어두운 방에 가두거나 몸을 움직이지 못하게 꽁꽁 묶고, 흔적이 안 남는 교묘한 체벌도 잦았을 거래요. 그런 줄도 모르고 왜 어린이집을 안 가려고 하느냐고 외려 애를 혼냈다니까요…."

폐쇄된 공간에서 일어나는 학대를 외부에서 감지하기란 어려운 일이다. 자기 방어가 불가능하고 자신이 당한 일을 말로 전달하기 어려운 아이들을 대상으로 한 범죄는 은밀하게 일어난다. 회복에는 시간이 걸리고 어떤 부분은 정이가 오롯이 극복할 수밖에 없으니 자책하지 마시라고 말씀은 드렸지만, 어머니의 괴로움은 쉽게 가시지 않는 듯했다.

만약 정이의 언어발달 지체가 어린이집에서 겪은 학대 때문이라면, 소아 PTSD(외상후 스트레스 장애)에 초점을 맞추면서 적절한 지원으로 회복을 기대할 수 있다. 그게 아니라면 자폐 증상을 고려하여 언어치료 수업이나 사회성 증진 수업을 병행하는 것이 좋다. 어느 쪽이든 부모로서는 쉽게 받아들이기 어려운 일이다. 정이 부모님처럼 언어장애 증상을 보이는 아이들의 양육자들은 아이가 영원히 회복되지 않을까 봐 공포를 느끼며, 이로 인한 불안으로 서로에게 깊은 상처를 주기도 한다.

※

　보통 우리는 원인을 알면 문제를 해결할 수 있다고 생각한다. 하지만 현실에서는 그럴 수 없을 때가 더 많다. 특히 '장애'는 원인을 알 수 없거나 안다고 해도 해결될 수 없을 때 붙여지는 이름이다. 누군가 넘어져서 뼈를 다쳤다면 각종 검사를 통해 상태를 파악한 후 처방을 내린다. 깁스를 하고 약을 먹는다. 시간이 지나면 뼈가 붙고 우리는 일상으로 돌아갈 수 있다. 그래서 일시적 골절은 장애가 아닌 질병이다. 그러나 그 일로 회복 불가능한 손상을 입었다면 이 사람은 장애를 갖게 된다.

　자폐성장애의 원인은 의학적으로 명확히 입증된 바가 없다. 그럼에도 불안한 마음은 이유를 찾는 데 골몰하게 한다. 어린아이에게 스마트폰을 쥐여줘서, 어렸을 때 부모가 옆에 있어주지 못해서, 아이랑 많이 못 놀아줘서, 일찍부터 남의 손을 타게 해서, 부모가 말이 너무 없어서⋯ 이렇게 해서 찾은 원인은 대개 부모, 특히 엄마라는 울타리를 넘지 못한다.

아이가 장애를 가졌을지도 모른다는 공포심은 이 모든 것의 원인을 한 사람에게 돌리고, 양육 책임을 다하지 못한 그를 비난하라고 유혹한다. 그러나 누군가에게 책임을 지워 두려움을 이겨내려는 시도는 애초에 방향이 잘못되어 있으니 문제를 해결할 수 없다. 전제를 바꾸지 않는 한 대상을 바꾸어가면서 지속될 뿐이다. 그래서 '아이가 이렇게 된 이유 찾기'가 화살을 배우자로 돌렸다가 고통을 겪는 아이로 향했다가 마침내는 자기 자신으로 돌아오기를 반복하면서 끊임없이 서로를 괴롭히는 경우를 많이 보았다.

정이는 관심을 얻으려고 집안일을 하는 어른들의 눈앞으로 끼어들곤 했다. 상대의 눈에 자기 행동이 어떻게 비칠지 안다는 뜻이다. 이런 의도와 동기를 가진 행동은 자폐성장애 아이들에게서 잘 나타나지 않는다.

정이는 "자꾸 그러면 나 빵 봉지를 아무 데나 버릴 거야. 엄마 속상하라구"라고 말할 줄도 안다. 자기 행동이 상대에게 불러올 감정을 이해하고 이를 언어로 표현하는 건 자폐성장애 아이들에게 쉽지 않은 일이다. 하지만 낯선 사람과의 상호 소통이 어렵다는 점에서 정이가 직면한 과제는 자폐성장애 아이들과 본질적으로 크게 다르지 않다. 시선은 '이유'

가 아니라 정이의 행동과 언어로 향해야 한다.

정이는 동물나라 이야기를 하다가 갑자기 애니메이션 〈겨울왕국〉으로 넘어갔다가 어제 냉장고에 넣어둔 아이스크림을 먹고 싶다고 말을 맺는다. 상대의 질문에 적절한 답을 내놓은 대신 어제 어린이집에서 배운 노래를 흥얼거리며 혼자 책을 펼쳐 든다. 어른의 눈에는 산만하거나 말이 안 통하는 아이로 비칠 수밖에 없다. 이럴 때 어른들은 아이에게 집중을 요구하기 전에 아이가 겁먹지는 않았는지, 하고 싶은 이야기가 따로 있는지를 잘 살펴야 한다. 정이처럼 학대의 경험이 있는 아이라면 정서적 지지도 꼭 필요하다. 그러려면 걱정스러운 눈을 거두고 아이와 신나게 놀아주어야 한다. 행복하고 즐거운 경험이 아픈 상처를 포근하게 감싸줄 때까지, 아이가 세상 밖으로 도망가지 않을 수 있을 때까지 옆에 든든한 어른이 있다는 사실을 계속해서 상기시켜주어야 한다.

"정이요? 함께하는 놀이가 조금 어렵기는 하죠. 긴장도가 워낙 높아서 말 붙이기가 쉽지 않더라고요. 그래도 말은 잘해요. 언어적으로 크게 문제가 있어 보이지는 않았어요."

　정이의 미술치료를 담당하고 있는 선생님은 정이를 유별난 아이라고 생각하지 않았다. 다만 정이는 낯선 사람과 함께 있으면 긴장한다. 겁내고 있다는 뜻이다. 어쩌면 정이는 그저 사람이 두려웠는지도 모른다. 그래서 계속 등을 돌리고, 자기 하고 싶은 말만 했는지도.

　이제 정이는 함께 병원 놀이도 할 수 있고 토끼와 거북이 놀이도 할 수 있으며 어머님이 그토록 원하던 '티키타카'도 가능하다. 그러면서 천천히, 잃어버린 한 시절의 관심과 사랑을 복구하듯 자기 언어를 회복하고 있다. 머지않아 정이는 낯선 사람과 자기 경험과 생각을 나눌 용기를 되찾을 것이다. 그때까지 정이의 부모님도 흔들림 없이 정이 옆에 서 있을 수 있으면 좋겠다.

말하는 순간 마주할 것들

"미야, 어디가 아파?"

"…"

"미야, 어디가 어떻게 아픈지 말해줘야 의사 선생님이 낫게 해주지."

미는 병원에 가면 입을 닫는다. 쓰리다거나, 울렁거린다거나, 메슥거린다거나, 쑤신다거나 하는 말을 하지 못한다. 아프고 서러운데 자꾸 다그친다는 느낌을 받아 움츠러든다. 혹시 잘못 대답했다가는 야단을 맞을 것 같다는 생각에 무섭기도 하다.

말을 할 수 있지만 특정 상황에서 입을 닫는 아이들이 있다. 미가 그랬다. 집에서 가족들과 대화할 때는 말을 곧잘 한다고 했다. 그런데 이렇게 밝은 아이가 밖에만 나가면 아무 말도 하지 않는다고, 도대체 뭐가 문제인지 모르겠다고 미 어머니는 울먹이며 하소연했다.

'선택적 함묵증'은 미와 같은 상태를 일컫는 언어병리적 용어다. 하지만 나는 미를 그렇게 규정하고 싶지 않았다. 아이가 병적으로 말을 거부한다는 뉘앙스가 마음에 들지 않았다. 내가 아는 미는 명랑하고 호기심 많으며 사랑스럽고 섬세한 아이다. 지금도 이런저런 약을 먹느라 위벽이 헐어버릴 지경인 아이에게 또 하나의 병명을 더하고 싶지 않았다. 사실은 자기 자신을 보호하려는 하나의 태도, 유일한 자구책일지도 모르는데.

외아들인 미는 어렸을 때 뇌전증을 앓았다. 과거에는 '간질 발작' 혹은 '경기'라고 불렀던 이 병은 아직 정확한 원인이 밝혀지지 않았다. 영유아기 잦은 발작은 뇌 손상을 수반했고 학습에 어려움이 생겼다. 그 때문에 미는 지적장애 판정을 받고 일반학교에 다니고 있다. 다행히 성장하면서 증세가 호전되어 초등학교에 입학한 이후에는 한 번도 발작이 없었다고 한다. 꾸준히 복용한 약의 효과일지도 모른다.

미는 또래에 비해 어휘가 제한적이고 특히 구문(문법) 파악과 담화(이야기)에 어려움을 보였다. 섬세하게 몸을 움직

아는 것이 어려워 동작이 큰 편이고 발음이 명료하지 않다. "학교 다녀오겠습니다" 대신 "하교 나녀오게스니다", "선생님, 오늘은 몇 시에 끝나요?" 대신 "선세임, 오늘 며 시 <u>끄</u>나요?"라고 말하게 된다. 수업 첫날 어머니가 당부한 것도 발음이었다. 미는 타이핑하듯 말을 한 마디씩 끊어 입 밖으로 내면서 계속 눈치를 보았다. 어찌나 긴장하던지 말 걸기가 미안할 지경이었다.

미가 집 밖에서(치료실을 제외하고) 말을 하지 않는 이유는 두 가지로 보였다. 하나는 정확하게 발음하기가 힘들기 때문이다. 조음기관인 혀와 입술, 턱 등의 움직임을 정확하게 통제하지 않으면 소리가 빠지거나 왜곡된다. 뇌전증을 앓은 미에게는 버거운 일이다. 자신이 잘할 수 없는 일을 해야 하니, 미로서는 말하기가 스트레스일 수밖에 없다. 다른 하나는 발음 때문에 자신의 마음이 전해지지 않는다고 생각하기 때문이다.

"미야, 저기 효민이가 인사하네. 친구 인사를 받아줘야지. 손 흔들면서 안녕이라고 해보자."

수업을 마치고 돌아오는 길에 엄마가 아무리 친구들에게 인사하라고 시켜도 미는 입을 열지 않는다. "뭐래? 하나도 못 알아듣겠네. 아줌마, 애 원래 이래요?" 하는 반응이 돌아온다는 걸 경험으로 알고 있기 때문이다. 미는 엄마와 함께 있을 때 친구들에게 놀림받는 걸 정말 싫어한다. 미는 자신이 말을 더듬어 놀림받을 때마다 엄마가 상처받는다는 걸 안다.

❀

미가 집과 치료실 이외의 장소에서는 아무 말도 하지 않는다는 어머니의 말은 사실일 것이다. 미의 침묵에는 자기 말이 상대에게 내 뜻대로 들리지 않을 거라는 두려움과 함께 그러니 타인과 말을 섞고 싶지 않다는 미의 의지가 배어 있다.

미가 어떻게 해야 말할 수 있을지 어머니와 여러 번 상담했지만, 그 과정에서 내 생각을 전부 솔직하게 말하지는 못했다. 미가 입을 닫게 된 데는 미 어머니의 끊임없는 지적과 압박이 작용했다고 생각했기 때문이었다. 물론 미를 힘들게 하려는 의도는 없었겠지만.

미 어머니는 미가 친구들 틈에서 눈에 안 나게 말하기를 원한다. 다른 아이들처럼 리을 발음을 부드럽게 해내고 '김'과 '밥' 사이에서 멈추지 않고 '김밥'이라고 한 번에 말하기를 바란다. 그래서 지난 수년간 여러 치료실을 다녔고, 미는 "오랫동안 연습했는데도 이렇게나 발음이 안 되는 아이는 처음이에요" 등의 평가를 받으며 끊임없이 자기 말을 검열하는 아이가 되었다.

육아에 대한 스트레스로 우울증을 앓고 있는 미 어머니는 언어치료실에서 또다시 부정적인 평가를 듣거나 미를 보면서 쑥덕거리는 사람들을 만나고 나면 그러면 안 되는 줄 알면서도 미에게 속상한 마음을 쏟아붓는다. "대체 왜 말을 그렇게 하니?", "너 때문에 엄마가 얼마나 속상한 줄 알아? 너, 일부러 그래? 엄마 힘들게 하려고 더듬거리는 거야!". 미는 "잘못했어요. 엄마"라고 말하고 싶지만 '잘모해서요'라고 발음해서 또다시 엄마를 힘들게 할까 봐, 말을 바꾸어 "미안해요, 엄마"라고 말하며 운다.

억울할 때도 많았다. 학교에서 아이들은 서로 장난치다가 일어난 사고를 미에게 덮어씌우곤 했다. 선생님이 미에게 "정말 네가 그랬니? 얘, 팔뚝에 할퀸 자국. 이거 네가 그런 거야? 아니면 누가 그랬는지 말해볼래?"라고 물어도 미는 말없이 고개만 젓는다. 용기를 내서 아니라고 말하면 반 아이들은 킬킬거리며 "쟤, 거짓말해요" 하고 입을 맞춘다. 미는 한번 더 부인하고 싶지만 소용없다는 것을 안다.

미가 속한 일반 학급에는 점점 방어력을 잃어가는 미를 표적으로 삼는 아이도 있었지만, 몇몇 아이는 미는 잘못이 없다고 변호해주고 미의 부모님에게 자초지종을 설명해주었다. 미는 고맙다고 말하고 싶지만, 혹시 입을 열면 자기에게 실망할까 봐 두렵다. 엄마도 늘 그랬으니까. 미는 입을 열지 못하고 또다시 고개를 젓는 것으로 인사를 대신한다.

침묵은 관계를 해결하는 가장 간편한 방식이자 미가 찾아낸 최선이었다. 억울하고 화나고 슬픈 자신의 감정만 해결하면 되었다. 미는 입을 닫고 있으면 자신이 평범해 보인다는 것을 안다. 입을 여는 순간 와르르 무너지는 것들을 보지 않기 위해, 미는 점점 감정을 숨기는 아이가 되었다. 나중에는 정말 자기 감정이 무언지 모를 정도로 둔감해졌다.

미는 엄마와 함께 우울증 약을 먹는다. 구토와 어지럼증 같은 부작용이 있었지만 엄마도 같은 약을 먹고 있으므로 자기에게도 도움이 될 거라고 생각해서 꾹 참는다. 미는 참는 일만은 누구보다도 잘할 수 있다는 걸 안다. 내가 입을 닫으면 다른 사람이 편해진다는 것도.

미 어머니는 미를 사랑한다. 그리고 사랑하는 미의 결함이 자기 탓이라고 여긴다. 당신이 건강하지 못해서 아이가 장애를 얻었다고 생각한다. 그래서 어떻게든 이 아이를 '정상'으로 만들고 싶어 한다. 말도 반듯하게 하고 산수 문제도 말짱하게 잘 풀어내기를 바란다. 하지만 미는 그러지 못한다. 그래서 미 어머니는 미 앞에서 분노를 폭발시키고 만다. 그래서는 안 된다는 걸 알고 알고 있지만, 미가 나쁜 아이들에게 당하고 있을 때마다, 자기 변호도 못 한 채 땅만 보고 있을 때마다, 어눌한 소리로 더듬더듬 미안하다고 말할 때마다 참을 수 없는 분노가 한순간에 올라온다. 곧 깊은 후회와 수치가 찾아올 거라는 걸 알면서도 멈추지 못한다. 미 어머니는 자신의 분노가 사실은 미에 대한 사랑에서 비롯됐다는 걸 짐작하지 못한다. 지금 자기 손으로 내리치고 있는 것이 미의 등짝이 아니라 자신의 여린 마음이라는 것도 알지 못한다.

미는 외아들이다. 미 어머니는 늦은 나이에 지금의 남편을 만나 결혼했다. 남편, 그러니까 미의 아버지 역시 외아들이다. 좋은 대학을 나와 번듯한 직장에 다니는 아들을 보는 게 소원이던 시어머니는 일찍 혼자가 되어 갖은 고생을 해가며 자식을 키웠고 마침내 그 꿈을 이뤘다. 모든 것이 완벽했던 아들의 유일한 흠은 사회생활을 시작하고 겨우 1년 만에 자기보다 나이가 다섯 살이나 많은 여자를 만나 결혼한 것이었다. 손자인 미가 세상에 나온 지 얼마 안 되어 경기를 하고, 이로 인한 뇌 손상으로 영구 장애를 갖게 되었다는 사실을 알았을 때 그녀는 가슴을 쥐어뜯으며 이렇게 말했다.

"그러게 왜 그렇게나 말리는 결혼을, 그 고집을 피워가며

했어! 왜 엄마 말을 안 듣고 결국 이런 일을 당해!"

✿

최근에는 좋은 소식을 들었다. 미 아버지가 미와 함께 보내는 시간이 늘었다고 한다. 미가 좋아하는 배틀그라운드나 보드게임도 같이 한다. 어머니의 우울이 깊어가면서 가족 상담을 받았고 상담사의 조언에 따라 조금씩 양육 과제를 분담하는 것으로 방향을 잡았다고 한다.

그래서 한 달에 한 번 아버지도 미와 함께 치료실을 찾는다. 처음 상담을 하던 날 지금의 상황과 부모님께서 신경써주셨으면 좋겠는 부분을 말씀드렸다. 미 아버지는 고개를 끄덕이더니 노력하겠다고 무겁게 말했다. 과묵한 분이었지만 눈빛에서 진심을 읽을 수 있었다. 미가 마음 편히 말할 수 있으려면 실타래처럼 엉킨 가족 간의 마음을 풀어주어야 한다는 걸 미 아버지도 알게 된 것 같아 기뻤다.

미는 여전히 다른 사람들 앞에서 좀처럼 말하지 않는다. 하지만 변화를 느낄 수 있다. 얼굴이 밝아졌고 집에서 아빠와 함께했던 일들을 내게 말하는 시간이 늘었다. 아빠와 함께 목욕탕에 갔던 일, 엄마가 결혼 후 처음으로 친구들과 여행을 가 있는 동안 두 사람이 집안일을 말끔하게 해냈던 일, 무서워서 눈도 마주치지 못했던 친할머니 생신 때 직접 고른 선물을 드리고 처음으로 사랑한다는 말이 적힌 쪽지를 건넸던 일을 신이 나서 말한다. 미의 이야기를 들으며 나는 미가 반갑게 친구들에게 손을 흔들며 "안녕" 하고 말하는 상상을 했다. 이제 곧 현실이 될 장면을 상상하는 일은 언제나 감동적이다. 미야, 부디 너의 깊은 마음이 말이 되어 훨훨 날아가기를.

그날 치료실을 떠나는 미의 뒷모습은 유난히 씩씩해 보였다.

❧

칭찬이 공감의 언어가 될 때

"잘했어."

오늘도 나는 몇 번이나 이 말을 아이들에게 해주었을까. 아마도 50번쯤? 100번쯤? 세어보지는 않았지만 치료사 생활을 하면서 다른 어떤 말보다 많이 쓴 건 확실하다. 상대를 지지하는 좋은 말이지만 의구심이 들기도 한다. 입버릇처럼 남발하고 있지는 않나?

작은 표현이라도 거기에 담긴 진의와 맥락을 따져보는 건 중요하다. 생각해보면 "잘했어"라는 말은 칭찬의 뜻과는 별개로 아이와 나의 관계를 규정한다. 나는 하루에도 수없이 아이들에게 잘했다고 말하지만 아이들은 단 한 번도 "선생님 잘했어요"라고 말한 적이 없다. "잘했어"는 상대를 평가

하는 말이기 때문이다. 나는 아이들을 평가할 수 있지만 아이들은 나를 평가할 수 없다. 적어도 치료 수업 상황에서는. "잘했어"는 일종의 권력관계에서 나오는 말이다. 그래서인지 "잘했어"라는 말을 듣는 아이들의 표정은 어른들의 기대만큼 밝지 않다. 숨은 맥락까지 풀어 쓰면 다음과 같이 들릴지도 모르겠다.

"이번에는 잘했네. 하지만 다음에도 잘하려면 계속 노력해야겠지?"

"나는 네가 잘하는지 못하는지 말해주는 사람이야. 적어도 내가 있을 때만큼은 꾀부리면 안 돼. 알겠지?"

"거 봐, 노력하니까 되잖아. 그러니 앞으로도 딴맘 먹지 말고 지금처럼만 하자."

평가에는 '기능'이 전제되어 있다. 내가 무언가를 잘했다는 평가를 받았다는 건 훌륭한 인간성을 발휘했거나 고귀한 가치를 실현했기 때문이 아니다. 만약 한 사람을 인격과 기능으로 나눌 수 있다면, "잘했어"라는 말은 후자에 동그라미를 쳐주는 격이다. 어찌 보면 당연한 일이다. 언어치료 수업의 목적이 인격 수양은 아니니까.

"잘했어"의 대상은 아이들만이 아니다. 이 아이들이 커서 어른이 되었을 때 눈앞에 놓일 두툼한 평가 서류에 비하면 지금의 "잘했어"는 겨우 메모지 한 장 분량에 불과할지 모른다.

잘한다는 평가를 받는 건 능숙하다는 뜻일까. 시행착오 없이 더 빨리 목적을 달성한다는 뜻일까. 평가하는 사람이 보기에 이 정도면 됐다 싶은 수준으로 일을 처리했다는 뜻일까. 다른 사람들보다 노력을 덜 들이면서 더 많은 일을 처리한다는 뜻일까. 어떤 평가든 비교 우위가 있고 평가자의 가치가 반영되어 있다. 잘하고 싶은 사람은 혼자일 수 없다.

✿

나는 잘하고 싶었다. 언어치료사 일을 잘해서 아이들이 말 때문에 힘들어하지 않게 돕고 보호자의 근심을 덜어주고 싶었다. 실제로 그런 바람이 실현된 적도 많았다. 입을 열지 않던 아이가 수업을 시작한 지 한 달여 만에 인사말을 하고 가족 호칭을 말할 수 있게 되었을 때, 심한 자폐 성향으로 늘 구석에 앉아 혼잣말을 하던 아이가 내게 말을 걸 때 잘하고 있다고 생각했다. 그런 날이면 상담하는 내내 신이 났다. 보호자께 아이가 이것도 잘했어요, 저것도 잘했어요 하고 보고하는 일은 무척이나 보람 있었다. 내가 썩 괜찮은 사람이라고 느꼈다.

　반대의 경우도 있었다. 오랫동안 수업을 했는데도 달라진 게 없었을 때, 아이의 거부 행동이 점점 심해져서 결국 수업을 그만둘 수밖에 없었을 때, 보호자가 치료사의 자질을 의심하는 태도를 보였을 때 나는 못하고 있다고 느꼈다. 의기소침해져서 이 일을 계속해야 하나 싶었다. 안타깝게도 한 번의 실패는 열 번의 성공보다 마음에 깊이 남았다.

　그런 순간들이 쌓일수록 의문이 깊어졌다. 애초에 잘할 수 없는 일에 뛰어든 걸까. 내가 몸담은 일이 잘해도 본전인 영역인 걸까. 도대체 잘하려면 어떻게 해야 할까.

　시간이 지나면서 나는 그 마음에 무언가 섞여 있음을 알게 되었다. 그건 '칭찬받고 싶은 마음'이었다. 자기 평가만으로는 부족했던 걸까, 아니면 칭찬에 길들여졌기 때문일까. 차라리 나쁜 평가라도 받으면 문제를 알고 고치면서 보람을 느낄 텐데, 아무도 나를 평가해주지 않던 시간이 나를 힘들게 했던 걸까.

　평가는 내가 지금껏 어떻게 해왔는지, 그리고 앞으로 가야 할 길을 알려준다. 그래서 평가는 성장을 유도하는 한편 성장을 방해하기도 한다. 학교 선생님의 '잘했어요'라는 칭찬은 필요한 과제를 수행하도록 독려하여 목표에 가까워지게 하는 동시에, '나는 잘하고 있을까?'라고 자신을 의심하게 만든다.

어렸을 때 내가 기대했던 건 단지 '잘했어'라는 한마디가 아니었다. "저 잘했어요?"라고 물었을 때 "그럼 잘했지!"라고 답해주는 것이었다. 누군가의 요구를 충족시켰을 때 받는 칭찬보다는, 나 스스로 이룩한 것을 함께 기뻐해주는 말을 원했다. 이때의 '잘했어'는 평가보다는 공감에 가깝다. 내가 아이들에게 전한 '잘했어'에는 공감이 담겨 있었을까?

아이들이 목표 행위를 해냈을 때 받는 보상에는 여러 가지가 있다. 사탕, 과자 같은 보상물이 있고 칭찬하기, 안아주기 등의 '사회적 강화'가 있다. 이중 후자는 인정받으려는 욕구를 자극하여 목표 행동에 이르게 하는 방식이다.

나는 칭찬을 주로 사용한다. 보상물은 나중에 '약발'이 떨어질 수 있기 때문이다. 문제는 사회적 강화인 칭찬을 영혼 없이 사용하다 보니 하는 사람이나 받는 사람이나 여기에 무감각해졌다는 점이다.

자신이 원하는 것을 말로 표현할 줄 모르던 아이가 열심히 노력한 끝에 어느 날 "주세요"라는 말을 해낸다. 평소 갖고 싶은 물건이 있으면 손을 내밀어 붙잡기만 했던 아이에게는 중요한 진전이다. 치료사인 나는 당연히 "잘했어"라고 칭찬한다. 그러고는 여기에 한 단어를 더 붙여 "물 주세요"라고 말해보자고 한다. 잘했으니까 더 잘해보자는 뜻이다.

칭찬에는 공감이 필요하다. "잘했어. 이제 다음 과제에 도
전해보자"라는 말보다 "잘했어. 그동안 네가 얼마나 애써왔
는지 잘 알아. 그 모든 어려움을 견디고 이겨낸 네가 자랑스
럽다"라는 공감을 담은 칭찬. 나는 그런 칭찬을 할 줄 아는
(그리고 받을 수 있는) 사람이 되고 싶다. '잘했어'라는 평가에
연연하고 안주하려던 마음을 떨치고, 어렵고 막막하더라고
공감의 언어를 찾고 싶다. '언어 기능'이 아닌 아이의 노력을
알아주고 성취를 함께 축하하고 싶다. 아이들은 평가에 연연하
지 않는, 자신의 마음을 알아주는 순간에 가장 환하게 웃는다.

생각해보면 내게도 기억에 남는 성취의 순간들이 있었고,
그때마다 아이들은 순수한 마음으로 나를 칭찬해준 것 같다.
"잘했어, 지호야. 지금까지 애써준 네 마음과 노력 충분히 이
해해." 말로 전하지 못하더라도 표정으로, 마음으로, 눈으로.
단지 내가 알아듣지 못했을 뿐.

아이들과 나누는 특별한 농담

치료 수업에서 보이는 아이들의 반응은 다양하다. 대답도 잘하고 과제에도 적극적인 아이가 있는 반면 심드렁한 얼굴로 30~40분을 무반응으로 일관하다 집으로 돌아가는 아이도 있다. 아이들의 반응은 그 자체로 수업의 내용을 이룬다. 그만큼 치료사에게는 매우 중요한 요소다.

아이들의 반응을 끌어내는 방법은 두 가지다. 강제하거나 재미를 느끼게 하거나. 전자는 즉각적인 효과를 발휘하지만 오래 가지 않는다. 내성도 강해서 압박 강도를 높여나가야 한다. 치료사도 지치고 아이들도 지친다.

두 번째 방법은 제법 난이도가 높다. 아이들은 호기심이 많다. 그래서 재미도 잘 느낀다. 하지만 의사소통 장애가 있는 아이들은 조금 다르다. 집중력이 약하거나 언어 외에 신체, 인지 등에도 장애가 있을 수 있기에 적극적으로 반응을 끌어내야 한다. 재미있는 활동으로 의사소통 능력을 증진시키는 방식이 시간은 오래 걸리고 품도 많이 들지만, 효과가 좋고 부작용은 적다.

나는 두 번째 방법을 선호한다. 꼭 아이들 때문만은 아니다. 나 스스로 지루한 걸 못 참는다. 하품하는 아이들을 보는 것도 몹시 괴로운 일이어서 아이들이 재밌어하면서도 언어 능력까지 발달시켜줄 놀이를 찾는 데 공을 들인다.

아이마다 성향과 장애 유형 등이 다르니 경우의 수가 그만큼 많다. 두근두근 기대하며 펼쳐놓은 놀이가 처참하게 실패한 적도 있었고 '겨우 이런 걸 재밌어한다고?' 싶을 만큼 단순한 놀이가 큰 재미를 안겨준 경험도 있다. 이런저런 놀잇감을 찾고 즐기는 과정에서 깨달은 게 있다면 내가 재밌다고 해서 함께 재미있을 수는 없다는 당연한 이치였다.

함께 재미있으려면 아이의 특성에 맞는 방식으로 놀아야 한다. 그래서 먼저 아이들의 상태를 살핀다. 불러도 대답이 없고 눈길 한 번 주지 않는 아이, 등 돌리고 앉아 자동차 바퀴만 돌리는 아이라면 치료사 혼자 놀게 될 가능성이 짙다. 그래도 방법은 있다. 이런 성향의 아이들은 그네를 타거나 트램펄린 위에서 방방 뛰거나 시소 타는 걸 좋아하기 때문이다. 몸을 움직이며 하는 놀이는 상호작용이 부족한 아이들과 해볼 만한 재미있는 일이다. 공놀이도 성공률이 높다.

역할놀이는 상호작용이 잘되지만 언어 수준은 높지 않은 아이들과 재밌게 할 수 있다. 장난감 버스가 도착하자 정류장에 줄지어 서 있던 인형들이 차례차례 오른다. 버스는 크게 원을 그리며 미리 만들어놓은 레고 동물원에 도착한다. 그곳에는 나무 뒤에 선 기린이 있고 풀숲에 숨은 사자가 있다. 가끔 하늘에서 커다란 독수리가 내려오기도 한다. 이러면 아이들은 정말 동물원에 온 것처럼 좋아한다.

병원 놀이와 음식점 놀이도 반응이 좋다. 의사나 환자, 가게 주인이나 손님이 되어 대화 상황에 맞는 여러 낱말과 문장을 배울 수 있다. 이런 유치한 놀이가 어른인 치료사에게도 정말 재밌냐고 의심할 수 있다. 놀이를 하는 동안은 스스로 '나는 어른이 아니야'라고 자기 암시를 하는 것도 하나의 방법이다.

언어 수준이 높고 집중력도 상당한 아이들과는 한 단계 높은 수준의 놀이를 한다. 바로 규칙이 있는 '게임'이다. 카드를 내고 말을 옮긴다거나 수와 색에 따라 카드를 배열하거나 짝지으면서 점수를 올린다. 이를 통해 인과관계를 이해하고 결과를 예측하여 이를 언어적으로 표현하는 경험을 쌓을 수 있다. 아이들은 승부가 나는 게임을 좋아한다. 어른에게도 충분히 재미있다. 단, 아주 적은 점수 차이로 아쉽게 져줄 수 있는 아량이 필요하다.

아이들과 함께하는 '말장난'도 재미와 효과가 크다. 개인적으로 가장 높은 단계에 있는 놀이라고 생각한다. 의사소통 장애가 있는 많은 아이가 우스갯소리를 진지하게 받아들인다. 말의 표면적인 의미만을 받아들이기 때문이다. 그래서 "철수야, 너는 어느 학교 몇 학년이야? 아! 무궁화중학교 2학년이라고? 그렇구나. 난 개나리초등학교 2학년인데!"라고 했을 때 "에이, 선생님은 저보다 나이가 훨씬 많잖아요. 말도 안 돼요" 하면서 낄낄거릴 수 없다. 이들에게 방금 들은 말은 그동안 인지한 세계의 규칙과 맞지 않는 부조리한 언어일 뿐이다.

'말장난'을 하려면 언어에 대한 특별한 감각이 필요하다. 말의 숨은 뜻과 뉘앙스, 표정과 말투 등 전체적인 맥락을 고려하는 능력이 갖춰져야 가능한 일이다. 같은 말도 어떤 이에게는 난해한 수수께끼가 되고 어떤 이에게는 센스 있는 유머가 된다. 깔깔거리고 웃는 아이들은 그런 조건들을 모두 갖추고 있다는 뜻이다. 치료사의 의도적인 농담은 이를 키워

나갈 효과적인 방법이다.

'왜 저 어른은 초등학생이지. 어떡하지' 하고 당혹스러워
하던 아이가 슬며시 미소를 지을 때 이 아이는 새로운 언어
적 감각을 얻게 된 것이다. 내게도 그런 순간이 있었고 그 순
간들이 쌓여 지금처럼 아이들 앞에서 농담하기 좋아하는 실
없는 어른을 만들어냈다.

치료실에서 아이들과 나누는 농담은 재미있을 뿐 아니라
아이들의 마음을 풀어준다. 첫 대면의 순간에 아이들은 다소
진지하다. 약간의 긴장감이 감돌고 모종의 기대가 느껴진다.
그 안에는 자기보다 우월한 존재 혹은 자신을 통제하는 존재
에 대한 경외도 담겨 있다. 나는 그런 걸 와르르 무너뜨리고
싶다.

"사실은 나도 초등학생이거든, 낄낄", "학원 가기 싫다구?
그럼 나랑 계속 놀자, 히히", "4 더하기 3은 5! 아니라고? 5가
아니야? 정말? 아, 난 정말 산수를 못해. 못해도 너무 못해.
잉잉". 이런 농담을 하면 아이들은 매우 즐거워한다. '뭐야,
이 어른은 누군데 이런 말도 안 되는 소릴 하지?' 하는 얼굴
로 쳐다보다가 슬며시 미소를 짓는다. 아이들은 속으로 이렇
게 생각할지도 모르겠다. '다행이야. 이런 사람이라면 날 혼
내면서 어렵고 하기 싫은 걸 억지로 시키지는 않겠는걸. 자

기도 모르는 걸 어떻게 강요하겠어', '덩치도 큰 어른이 초등
학생이라고? 나도 아는 뻔한 거짓말을 하다니. 어쨌든 나를
속일 만큼 영리하진 않네. 어쩌면 나만큼 서툰 사람일지도
모르겠는걸.'

🍀

어른들도 농담을 한다. 친밀한 관계에서 우스갯소리는 함
께한 추억, 그리고 그만큼이나 뿌듯한 상호 교감을 환기시킨
다. 그런데 아이들과 함께할 때와는 그 느낌이 조금 다르다.

"너, 그거 알아? 그때 교탁에 별명 써넣은 게 나였잖아. 근
데 선생님은 왜 다짜고짜 널 불러다 혼냈을까? 누구? 영찬
이? 아니 걔는 땡땡이치다가 걸려서 한 달 내내 화장실 청소
한 애고."

"선배는 정말 나한테 고마워해야 돼요. 나 때문에 그 프로
젝트 완전히 망했잖아. 내가 그때 실수만 안 했어도 선배가
복귀하는 일은 없었을 거라니까요. 그러니까, 사실상 선배가
나한테 빚진 거예요."

이런 농담 안에는 '우린 많은 것을 함께한 사이야', '그땐
정말 행복했는데. 당신도 그랬죠?', '우리, 지금 잘 지내고 있

는 게 맞죠?' 같은 마음이 담겨 있다. 농담이라는 타임머신을 타고 도착한 행성에는 그동안 그리워하던 것들로 가득하다. 좋았던 시절이 다시 온 듯한 착각, 그런 날이 또 올지도 모른다는 희미한 긍정, 우리만의 맥락을 공유하는 데서 오는 인간적인 희열도 빼놓을 수 없는 즐거움이다.

친밀한 사람들과 약속이 있을 때면 어차피 예전에 했을 게 뻔한데도 '이번에는 무슨 재밌는 이야길 하지?' 하며 즐거운 고민에 빠진다. 오해 없이 농담을 나눌 수 있는 사람은 믿을 수 있는 사람이다. 그들과 재미있는 이야기를 나누는 건 상상만으로도 행복하다. 아쉽게도 그럴 기회가 점점 줄어들고는 있지만.

그러나 농담이 항상 좋은 감정만 불러일으키는 건 아니다. 듣고 나면 묘하게 기분이 상하는 농담도 있다. 바로 누군가를 공격하는 농담이다. 굳이 의도를 묻지 않아도 듣는 순간 알아챌 수 있다. 그런 농담을 들은 날은 영 기분이 찜찜하다. 순간 웃음이 나왔다가 그것만으로 공범이 되는 불쾌한 느낌을 받는다.

농담보다는 모욕에 가까운 이런 말들은 상대를 비하하거나 놀림거리로 만든다. 당장 스마트폰을 들어 인터넷 기사의 댓글, SNS나 유튜브를 살펴보면 비슷한 '농담'을 수없이 볼 수 있다. 뚱뚱한 사람, 못생긴 사람, 키 작은 사람, 나이 든 사람, 피부색이 까만 사람, 영어 못하는 사람, 지방에 사는 사람, 소형차 타는 사람, 농업에 종사하는 사람, 이주노동자, 여성, 장애인 등 그런 '농담'의 대상, 피해자가 되는 사람은 열거하자면 끝이 없다. 농담을 빙자한 모욕과 혐오는 공기처럼 어디에나 퍼져 있다.

농담에는 강박이 있다. 사람들을 웃겨야 한다는, 상대의 경계심을 허물어야 한다는, 그래서 '우리'라는 안전지대 속으로 들어가야 한다는. 그런 동기는 자주 희생양을 찾는다. 허점이 있는 사람, 모욕으로 찍어 누를 수 있는 사람, 나보다 못한 사람, 질투 나는 사람, 경쟁자, 나를 거절했던 사람, 혼내주고 싶은 사람. 남의 불행을 보며 안도하거나 남을 비하하면서 위안을 얻는, 뒤틀리고 수치스러워 드러낼 수 없는 욕망을 '농담'이라는 외피를 씌워 감춘다. '우리' 바깥으로 내쫓고 싶은 사람을 희생양으로 삼는 '농담'들은 거짓, 편견, 혐오를 담고 있다.

아이들은 내가 상황을 과장하고 틀린 사실을 진짜처럼 말하면 웃으며 즐거워한다. 맞고 틀리고가 중요하지 않다는 사실, 권력자인 어른도 틀릴 수 있다는 사실에 안도하기 때문이다. 그럴 때 아이들이 받아들이는 농담의 메시지는 '괜찮아'에 가깝다. 몰라도 괜찮아. 틀려도 괜찮아. 이치에 맞지 않아도 괜찮아. 그리고 여기에는 희생양이 필요 없다. 모두가 괜찮으니 너도 괜찮다는 뜻이니까.

아이들은 상대의 약점을 찾아 우월감을 느끼거나 지금 상대가 겪고 있는 불행에서 멀리 떨어져 있다는 사실에 안도하며 미소 짓는 법이 없다. 아이들이 좋아하는 농담은 '네가 괜찮지 않으니 나는 괜찮다'는 비문으로 구성한, 타인에 대한 비하와 타인의 불행을 전제로 한 위안보다 인간적이다.

어른들도 어렸을 적에는 내가 치료실에서 아이들과 나누었을 법한 농담을 즐겼을 것이다. 그때의 마음을 지금이라도 헤아려보면 좋겠다. 너무 희미해졌다면 한번쯤 아이들의 웃음에 귀 기울여보면 어떨까. 치료실 밖에서도 '모두가 괜찮으니 나도 괜찮다'는 농담을 자주 나눌 수 있으면 좋겠다.

사랑하는 토끼에게

녹이네 공부방 구석에는 숨구멍을 낸 라면 상자가 있다. 그 안에서 토끼가 조곤조곤 신문지를 뜯으며 녹이가 학교에서 돌아오길 기다린다.

녹이는 하굣길에 함께 PC방에 가자는 친구들의 유혹을 뿌리치고 채소 가게에 들른다.

"안녕하세요. 그거 있어요?"

흘러내린 가방을 추스르며 인사를 하면 가게 주인은 "녹이 왔구나. 이거면 되나?" 하며 무청과 배춧잎이 든 비닐봉지를 건넨다. 녹이는 오늘도 토끼를 배불리 먹일 수 있다는 생각에 기분이 좋다. 꾸벅 인사를 하고 돌아서는 등 뒤에서 가게 주인이 안타깝다는 듯이 혀를 찬다.

녹이와의 첫 수업 장소는 집 거실이었다. 볕이 들지 않아
어둑했지만 그곳 외에는 적당한 공간이 없었다. 안방에는 할
머니가 누워 계셨고 부엌에는 녹이 어머니가 알아들을 수 없
는 말을 중얼거리며 멍하니 앉아 계셨다. 기계음과 총성이
흘러나오는 공부방은 오전부터 형의 차지였다.

"쌤, 잠깐요. 토기(토끼) 좀 보고 올게요."

어휘력 검사를 하는 도중에도 녹이는 형의 짜증을 무릅쓰
고 공부방 한쪽 구석에 있는 토끼 집을 살피고 돌아왔다.

"토끼가 배추를 좋아하나 봐?" 내가 물었다.

"그럼요, 몸에 좋잖아요. 쌤도 채소를 많이 먹어야지."

중학교 1학년인 녹이의 언어 능력은 만 6세 수준이다. 어
휘가 부족하지만 웬만한 표현은 가능해서 일상적인 의사소
통에 어려움이 없다. 언제, 어떻게, 왜, 같은 질문에도 잘 대
답할 수 있어서 무난하게 대화를 이어갈 수 있다. 다만 발음
이 정확지 않아 이야기하다 보면 어눌한 느낌을 받고 침을
자주 흘린다. 읽고 쓰기가 가능하지만 긴 글을 읽고 요점을
정리하거나 내용을 재구성하는 데는 도움이 필요하다.

'장애인' 같아 보이지 않지만 대화를 나누다 보면 어딘가
이상한 사람.

녹이에 대한 사람들의 인상은 대부분 이와 비슷하지 않을

까. 경도 지적장애 아동의 특성을 모두 가지고 있는 녹이는 일반학교 도움반에서 공부한다.

"녹아, 집 말고 다른 데서 수업하는 건 어때?" 어느 날 녹이에게 제안했다. 집중할 수 없는 환경 때문이었다. 형이 화장실을 가거나 가끔 할머니께서 장을 보고 오실 때, 어머니께서 이유 없이 거실로 나와 한동안 빙빙 돌다 들어갈 때마다 수업 분위기가 흐트러졌고 녹이도 집중하지 못했다. 한번은 녹이가 멋쩍게 웃으며 말했다.

"맨날 즈래. 나도 심심한데. 형은 더 심심해서 그래. 쌤, 엄마랑 할머니랑 방해되여?"

녹이는 이미 익숙해진 가정 환경에 불편함을 느끼지 않는 모양이었지만 타인에게는 그렇지 않을 수 있다는 점을 이해하고 있었다.

다음 시간에 우리는 주민자치센터 회의실에서 만났다. 그곳 지원 담당자는 내게 말했다.

"녹이요? 아유, 저희도 잘 알죠. 그 집 아버지가 가출했다는 얘길 들었는데, 아마 지금은 행불자(행방불명자) 처리가 되었을 거예요. 형편이 많이 안 좋긴 한데… 낡긴 했어도 집이 할머니 소유라 지원을 많이는 못 받아요."

담당 직원은 임시이긴 하지만 몇 달은 사용할 수 있을 거라며 회의실 문을 열어주었다. 수업이 시작되면 녹이는 보드마카로 어제 있었던 일을 요약해서 쓰고 그에 대한 내 질문에 대답한다. 말끝을 자주 흐리고 뭉개서 내가 또박또박 말해달라고 하면 멋쩍게 웃는다. "잘 모르겠어여?" 녹이가 평소에 가장 많이 들었을 말을 내게 한다. 녹이는 자기 말소리가 상대에게 어떻게 들리는지 잘 알지 못하는 듯했다. 그래서 발표하는 모습을 동영상으로 녹화해 객관적으로 자기 발화를 살펴보게 했다.

녹이에게 어떤 말이어도 괜찮으니 해보라고 하자, 특이하게도 '죽음'을 주제로 골랐다. 그 이야기도 좋으니 한번 해보라며 녹이를 카메라 앞에 세웠다.

"이거, 녹음(녹화)되는 그에?(거예요?)"

"괜찮으니까, 얘기해줘."

녹이는 면접실에 들어온 사람처럼 교복 칼라를 세우고는 입을 열었다.

"사신이라는 게 있으. 그… 죽음의 신인데 무섭고 밤에 창문을 두드리. 쌤도 알잖아여, 한번 걸리면 삭삭 (낫질하는 시늉) 이러는데….”

죽음을 관장하는 ‘사신’은 시도 때도 없이 녹이네 창문을 두드린다고 한다. 녹이는 그의 정체를 알고 있지만 할머니나 형, 엄마는 전혀 모르고 잠만 잔다. 가족을 구하려면 깨어 있는 녹이가 어떻게든 해야 하는데, 솔직히 자기는 힘이 없다. 그래서 사신에게 애원할 때가 많은데 그러면 사신은 고개를 끄덕이며 무슨 말인가를 남기고 돌아간다. 아침에 일어나면 꿈에 나타났던 사신의 목소리가 생생하다. 사신은 돌아가도 목소리는 남아 항상 녹이의 귓전을 맴돈다.

“사신이 뭐라고 그러는데? 계속 겁주고 그래?”

나는 조금은 황당한 이 이야기를 진지하게 받아들일 수 없었다. 그저 사춘기 중학생이 한 번은 경험하고 넘어가는 무섭증 정도로 생각했는데 이어지는 말은 뜻밖이었다.

“에, 그러죠. 그래도 괜찮아, 토기가 있잖아. 토기느 털이 노래서 사신이 진짜 귀엽다 그러고, 내가 토기 밥을 주며는 계속 자라니까 힘이 세지면 우리를 구해줄지도 모르지.”

그 집에서 유일하게 사신의 존재를 아는 토끼는 녹이와 비밀을 공유하는 사이였다. 그날 이후 나는 정말 죽음의 신이 실재하며 토끼는 그에게 바치는 일종의 살아 있는 제물인지도 모른다고 상상하게 되었다.

❧

녹이를 돌볼 유일한 사람인 할머니는 녹이의 문제를 비롯해 모든 일에 냉담했다. 인사를 드려도 별다른 말씀 없이 돌아누워 텔레비전만 보았다. 할머니는 지금까지 '지원'을 나온 나 같은 사람들로부터 대답하기 어려운, 무수한 질문을 받았을 것이다.

"할머님, 연 소득이 혹시 어떻게 되세요? 따로 직업은 있으세요?"

"아드님은 언제 집을 나갔습니까? 최근에 연락 온 적은 없고요?"

"올해는 며느님 장애인 활동 지원 수급 자격을 갱신하셔야 해요. 관련 서류 준비해서 제출하시고요."

"큰손자분은 만 18세가 지나서 바우처 대상이 아니세요. 둘째는 가능한데 차상위라 매달 2만 원씩 내셔야 하고요. 입금은 장애인복지관 쪽에 문의하셔서 그쪽 계좌로, 다른 치료실에서 하시면 그쪽에서 안내받은 계좌로 하셔야 해요. 저희는 지원만 하는 거라 그 부분은 잘 몰라요."

"이번에 시에서 결손가정 지원 사업을 하기로 했어요. 분기별로 쌀 20킬로그램 지원받으실 수 있는데 그러려면 일단 서류를 작성해주셔야 합니다."

할머니는 지금껏 나 같은 치료사 혹은 사회복지사, 주민자치센터 직원, 청소년센터에서 나온 사람들을 얼마나 많이 만나보았을까. 그들이 다녀가고도 달라지지 않는 삶에 이미 지칠대로 지치신 것은 아닐까. 죽은 듯 누워만 계시는 할머니를 보며 녹이는 상상 속에서 '사신'을 만들어낸 것은 아닐까.

우리는 주민자치센터에서 두 달쯤 수업을 진행하다가 장소를 복지관으로 바꾸었다. 다행히 녹이 혼자 버스를 타고 다닐 수 있어서 방과후에 바로 수업을 진행했다.

녹이에게 가장 필요한 것은 '매끄럽게 대화 주고받기'였다. 녹이는 질문을 이해하고 대답할 수 있지만 표현이 부자연스럽고 문장이 매끄럽지 못하다. 자기 생각을 말할 수 있지만, 입장을 바꾸어 타인의 관점에서 생각하는 데는 서툴다. 녹이의 언어에는 '논리'도 필요했다. 원인과 이유를 찾고 해결 방안을 언어로 표현하는 것이다. 다행히 녹이에게는 가능성이 충분했다. 조금만 연습하면 제법 어려운 문제의 답을 찾을 수 있을 것 같았다.

"녹아, 다음 문제 잘 읽어보고 이유를 생각해보자. 길동이네 집에서는 냄새가 납니다. 길동이네 집에는 토끼가 삽니다. 토끼는 매일 배추를 먹고 똥을 쌉니다. 똥에서는 냄새가 납니다."

"에이, 그건 토기 똥에서 나는 냄새지. 내가 그래서 형한테 치우라고 해도 말을 안 들어서."

그날 이후 현관문을 열고 들어섰을 때 코를 찌르던 악취는 조금씩 잦아들었다.

"좋아, 녹아. 오늘은 다른 문제를 풀어보자. 길동이네 집에는 싱크대가 있습니다. 싱크대에는 설거짓거리가 쌓여 있습니다. 설거지를 제때 하지 않으면 나쁜 세균이 생깁니다. 할머니는 허리가 아픕니다. 형은 게임만 합니다. 설거짓거리가 쌓이지 않게 하려면 어떻게 해야 할까요?"

문제를 풀면서 녹이는 복지관 수업이 없는 날이면 일찍 집에 돌아가 집을 치우겠다고, 자기가 먹고 난 컵라면 용기 정도는 정리해서 휴지통에 버리겠다고 말한다. 나날이 발전하는 녹이를 보며 좀 더 어려운 문제를 내보기로 했다.

"길동이네 집에는 할머니와 엄마와 길동이 형과 길동이가 삽니다. 할머니는 허리가 아프고 엄마는 마음이 아픕니다. 형은 아무것도 안 하려고 합니다. 다행히 이 집에는 길동이가 있습니다. 길동이는 마음씨가 착하고 무엇이든 열심히 합니다. 가족이 아프지 않고 행복하게 살려면 길동이는 어떻게 해야 할까요?"

중학교를 졸업한 녹이는 특성화 고등학교 특수반에 진학했다. 그곳에서 3년을 보내는 동안 복지관에서 운영하는 바리스타 과정을 공부했다. 이후에는 제빵 코스도 밟아서 자격증도 취득했다. 졸업 후에는 시립도서관 내에 있는 카페에서 커피를 내리는 일을 잠시 했고 도서관 사서 보조로도 일했다.

고등학교를 졸업하면서 지원이 끊긴 탓에 언어치료 수업은 종결되었지만, 그 후 녹이로부터 가끔 전화가 왔다. 선생님은 요즘 어떻게 지내느냐고 안부를 묻더니 자기 근황을 재잘재잘 늘어놓았다. 어느 날은 왜 이렇게 비가 오는 줄 모르겠다고 말하더니 전화를 뚝 끊었다.

한번은 아주 슬픈 일이 있었다고 했다. 할머니가 돌아가셨는데 이제 어떡하냐고 물었다. 머릿속으로 복잡한 생각들이 밀려들었다. 녹이 가족을 돌보던 유일한 존재인 할머니의 부재는 곧 가족의 해체를 뜻했다. 아마 녹이처럼 지적장애가 있는 녹이 형과 조현병을 앓는 어머니는 시설로 가게 될 것이다. 그렇다면 성인이 된 녹이는 어디로 가게 될까? 막막한 기분이 들었다. 할 말을 찾지 못해 토끼는 잘 지내느냐고 물어보았다.

"토기요? 아! 옛날에 토기, 토기는 없어졌죠. 선생님도 토기를 기억해요? 야, 진짜 재밌다." 녹이는 그때 우리가 함께 게임했던 걸 기억하냐고 물었고 나는 당연히 그렇다고 대답했다. 그날의 통화는 무척 길게 이어졌다.

녹이는 우리가 함께 수업하던 시절을 그리워했다. 같이 게임도 하고 공부도 하며 즐거운 시간을 보냈으니 그럴 만하다. 녹이는 모든 아이가 그렇듯이 믿음직한 어른이 옆에 있어주기를 소망했을 것이다. 녹이는 잠시나마 내게서 그 소망을 이루었는지도 모른다. 함께 이야기하고 놀고 경쟁하고 또 보호받았던 경험은 아이들 마음 깊은 곳에 남아 힘겨운 시간을 이겨내는 든든한 버팀목이 된다.

녹이에겐 그런 경험이 부족했다. 하지만 녹이는 결핍을 슬퍼하며 주저앉을 아이가 아니었다. 녹이에게는 스스로 대안을 찾아내는 훌륭한 능력이 있었다. 녹이는 학교 선생님이나 복지관 선생님들과 친하게 지내며 많은 도움을 받았다. 무뚝뚝한 활동 도우미 선생님을 아버지처럼 따랐고 도서관 사서 선생님을 어머니처럼 대했다. 상급생에게는 형한테 하듯 졸졸 따라다니며 게임을 하자고 졸랐다. 그들은 밝고 씩씩한 녹이에게 곁을 내주었다. 그리고 내가 기억하는 토끼, 녹이에게는 토끼가 있었다. 토끼는 내 상상과 달리 제물이 아닌 돌봄의 대상이었다. 녹이는 자기를 아끼고 사랑하듯이, 토끼를 열심히 보살폈다. 토끼를 돌보는 녹이는 행복하고 충만해 보였다. 녹이는 내가 아는 이들 중에서 유일하게, 자기가 받지 못한 것을 베푸는 방식으로 충족하는 사람이었다.

우리가 카카오톡 친구가 되고 나서 종종 녹이의 프로필 사진을 구경했다. 박물관에서 찍은 사진, 음식 사진, 길에서 만난 고양이 사진, 그리고 셀카로 찍은 녹이의 얼굴이 있었다. 예전보다 살이 붙고 성숙해 보였지만 천진한 웃음기는 여전했다. 녹이는 어두웠던 방에서 빠져나와 햇살 좋은 길에 서 있었다. 나는 메시지 창을 열고 안부를 적어넣었다. "날이 참 좋네. 요즘은 어떻게 지내?"

바깥으로 나가야 할 때

아이들은 보호자와 분리되어 치료실로 들어오는 순간 이곳을 통제하는 사람이 있다는 걸 실감한다. 등 뒤로 문이 닫히면 3평 남짓한 치료실에 일순 긴장이 감돈다. 책과 교재들, 소꿉놀이 세트와 소리 나는 장난감들, 호기심을 느끼게 하는 신기한 물건들이 있지만 이곳은 키즈카페가 아니다. 수업에는 정해진 '룰'이 있고 이는 치료사가 정한다.

제자리에 있지 못하고 이리저리 돌아다니는 아이라면 첫 번째 목표는 착석일 수 있다. 자리에서 벗어나면 패널티를 주고 목표에 부합하는 행동을 하면 보상(칭찬이나 과자)을 준다. 일반적으로 치료사들이 사용하는 행동 수정 기법이다. '발화'를 목표로 삼았다면 아이는 의도적으로 의미 있는 말소리를 냈을 때 보상을 받는다.

　치료사가 이끄는 방식을 아이들이 거부하거나 힘들어하면 방법을 바꾼다. 아이가 주도하고 치료사가 뒤따르는 방식으로 진행할 수도 있다. 그러나 이때도 목표를 어디에 둘지는 치료사가 결정한다.

　치료실을 감도는 적당한 긴장감은 학습에 유리하다. 교실에 들어온 학생이 자리에 앉아 집에서 있었던 일들과 작별하고 선생님을 보며 수업을 준비하듯이, 치료실에 들어선 아이들도 치료사의 일거수일투족과 그가 제시한 과제에 집중한다. 재미없고 지루하더라도 매번 같은 시간에 끝난다는 걸 알기에 참고 받아들인다.

　반면 방문 수업은 치료실 수업과 달리 공간이 열려 있어 수업 환경을 구조화하기가 어렵다. 치료사는 방문객일 뿐 그곳을 지배하는 사람은 따로 있다. 그래서 아이들은 치료사를 본척만척하며 평소처럼 거실 바닥에 엎드려 블록 조각을 만지작거릴 수 있다.

　치료실이라면 아이들이 수업을 받는 동안 보호자는 대기실에서 기다리겠지만 집에서는 그렇지 않다. 수업이 실시간으로 중계되다시피 하기에 치료사로서는 신경이 곤두설 수밖에 없다. 아예 문을 열어두기도 한다. 보호자가 눈에 보이지 않으면 불안해하는 아이들을 위해서다.

방문 수업 초기에는 등에 식은땀이 흐를 정도로 긴장했다. 수업을 잘 이끌어야 한다는 부담감에 외려 진행이 부자연스러워지기도 했다. 누군가 지켜보고 있다는 생각이 들 때면 역지사지의 마음이 생겼다. '치료실에 들어선 아이들 기분이 이랬겠구나.'

한편 보호자가 수업 도중에 개입하는 사례가 종종 있어 이를 통제할 방안을 찾는 것도 작지 않은 고민거리였다. "어휴, 이걸 이렇게 해야지. 그걸 못 하니?" 하면서 보다 못한 어머니가 대신 아이의 과제를 수행해주거나 "선생님, 우리 애는 그거 말고 저걸 더 잘해요. 저걸로 해주세요" 하면서 아이의 집중을 흩트리기도 했다.

그럴 때면 주도권을 빼앗긴 듯한 서운함과는 별개로 양육자의 과도한 책임감이 전해졌다. '내 아이는 내 방식대로 키운다'는 신념이 확고한 양육자일수록 타인의 판단을 믿지 못하는 경향이 있다. 이러한 양육자의 불신과 과도한 책임감은 때로 그 의도와 달리 아이의 성장을 가로막는 요인이 된다.

초등학교 입학을 앞둔 결이는 언어와 인지 모두 경계에 있는 아이였다. 어휘력이나 문장 구성 능력이 또래와 1~2년 차이를 보였으며, 대화는 자연스럽지 않았다. 구성한 문장 자체는 오류가 없지만 맥락이 맞지 않았다. 상대의 의도나 반응이 반영되지 않기에 마치 혼잣말을 하는 듯했다.

"선생님, 아이패드로 자동차 보여주세요."

"그래 좋아. 무슨 차 보고 싶어?"

"소방차. (소방차 그림을 한참 본다)"

"자, 결아 우리 소방차 봤으니까 이제 공부하자."

"(심통을 부리며) 안 돼! 안 된다고 했잖아!"

"한 페이지만 읽고 또 소방차 그림 보자."

"말 안 들으면 혼나잖아! 떼쓰면 싫어!"

"…."

혼자 일인이역을 하는 듯한 이 난감한 대화에 익숙해지기까지는 시간이 걸렸다. 그리고 몇 차례 대화를 통해 결이가 거절당했다고 느끼는 순간 더는 수업 진행이 어렵다는 걸 알게 되었다. 왜 결이는 선생님이 안 된다는 말도 안 했는데, 혼자서 연극 대사 같은 말을 거듭할까. 왜 자기는 혼이 나도 싸다는 듯이, 자꾸만 상대의 눈치를 보며 훌쩍일까.

결이는 크게 혼난 적이 있다. 그것도 아주 많이. 겁이 많은 결이는 혼나는 게 너무 싫다. 생각만 해도 끔찍하고 고통스럽다. 거절당하는 것도 똑같다. 결이는 사실 거절당하는 것과 혼나는 것을 구분하지 못한다. 대부분 거절당하는 것과 야단맞는 일이 동시에 이루어졌기 때문이다.

혼나는 게 무서운 결이는 어른들이 왠지 혼낼 것만 같은 기색을 보이면 곧바로 고통스러운 과거의 상황 속으로 미끄러진다. 머릿속이 하얘지고 아무 생각도 나지 않는다. 무섭고 화가 나고 얼른 이 상황을 끝내고 싶다.

결이와 수업할 때 결이 할머니께서는 건넌방에 계셨다. 하지만 그곳에서 우리를 감시하고 있는 줄은 꿈에도 몰랐다. 갑자기 문이 벌컥 열리고 누군가 성큼성큼 다가와서는 "결이! 너 선생님 말씀 안 듣고 자꾸 이렇게 떼쓰면 돼? 혼날래! 또 이러면 할머니가 맴매 한다고 했어, 안 했어!" 하고 호통을 치기 전까지는.

그 순간 나는 깨달았다. 결이네 집의 규칙을 지배하는 사람이 따로 있다는 사실을. "선생님, 수업 중에 죄송합니다. 제가 잠시 결이한테 주의를 줘도 괜찮을까요?"라고 말할 생각조차 하지 못할 만큼 결이의 행동이 할머니의 분노를 유발한다는 사실도.

결국 결이는 조용해졌지만 우리의 수업은 원하는 대로 진행되지 않았다. 결이는 수업을 마칠 때까지 주어지는 과제에 집중하지 못하고 내 눈치만 살폈다. 그날의 짧은 사건은 많은 것들을 내게 설명해주었다.

결이 어머니는 웬만하면 결이가 해달라는 대로 해주고 싶어 했다. 하지만 결이 할머니의 생각은 달랐다. 아이들은 때려서라도 반듯하게 키워야 한다는 믿음이 있었고 그건 할머니와 동시대를 살아온 많은 사람이 공유하는 일종의 교육관이었다. 할머니는 공부는 안 하고 말썽만 피우던 못난 자식들을 '죽도록' 패서, 며칠을 굶기면서 '사람'으로 만든 사례를 여럿 알고 있었다. 그들은 커서 좋은 대학에 갔고 '출세'를 했다.

자랑삼아 혹은 관심을 끌려고 이야기를 과장했을 가능성은 있지만 가난과 전쟁의 상흔 속에서 자식만큼은 당신들보다 훌륭하고 풍요로운 삶을 살게 하고 싶었던 세대는 대체로 이와 비슷한 교육관을 공유한다. "아이들은 엄격하게, 필요하다면 때려서라도 가르쳐야 한다", "오냐오냐하다가는 애

버린다" 같은 말들은 나도 자라면서 많이 들어왔다. 아마 지금처럼 교육이 제도화되지 않고 개개인의 의지와 원칙에 따라 이루어지던 시절에는 가정 교육이 훨씬 더 엄격하고, 때로 폭력적이기도 했을 것이다.

그러나 이제는 다르게 생각하는 사람들이 많다. 지금은 상식이 된 체벌과 언어폭력 금지는 그런 사람들의 교육관을 반영하고 있다. 아이들은 훈육과 보호의 대상이기 이전에 한 사람의 온전한 인격체로 대우받아야 한다.

서로 다른 경험과 신념 속에서 자린 세대의 양육관은 갈등의 요인이 된다. 결이 할머니는 며느리가 아이의 어리광을 받아주며 버릇없이 키워서 문제라고 생각한다. 아이의 장애를 자기 탓으로 여기는 결이 어머니는 자책하고 후회하느라 아이의 행동을 통제할 에너지를 소진했고 아이의 바람을 들어주고 싶어 한다. 결이 아버지는 어떨까. 그동안 '바깥일'을 한다는 이유로 자식에게 신경 쓰지 못한 일을 후회하고 있을지도 모른다. 그러는 동안 결이네 집의 규칙을 정하는 사람은 할머니가 되었고 당신의 교육관은 고스란히 결이의 언어가 되었다.

좋은 수가 없을까. 수업을 마치고 나면 머릿속이 복잡해졌다. '아예 할머니와 상담을 해볼까? 어머니에게 아무리 말씀 드려 보아야 할머니의 버럭 한 번이면 소용없어지는 상황이 잖아' 하다가도 '아니지, 그래도 어머니가 좀 더 적극적으로 나서셔야지. 할머니의 고압적인 훈육으로부터 결이를 보호 해야 해. 하지만 그게 가능할까' 하며 고개를 저었다. 아이 양육에서 빠져 있는 결이 아버지를 설득하는 방안도 고려해보 았다. 경험상 상담 시간에는 '아, 네. 당연히 그래야죠' 하고 고개를 끄덕이시던 분도 막상 집에 가면 평소처럼 두 손 놓고 지내거나 워낙 바빠서 아이 얼굴 볼 기회조차 없는 경우 가 많았다. 장기적으로 아버지의 적극적인 양육 참여를 유도 하되, 당장 결이를 힘들게 하는 훈육의 경험에서 빠져나올 방법을 찾아야 했다.

결이 할머니는 당신 가족이 세상으로부터 거절당했다고 생각한다. 할머니께서 아이를 키우던 시절에는 '정상인이 될 수 없는' 장애인은 비장애인과 분리되어 살았다. 집 안에 갇 혀 지내거나 시설에 보내져 무관심 속에 한평생을 보냈다. 그래서 할머니는 당신이 정신을 똑바로 차리고 결이를 엄하게 키워 '정상'으로 만들면 아들, 손주, 며느리 모두 평범한 가족으로 행복하게 살 수 있을 것이라 믿는다.

요즘은 장애 아동도 비장애 아동들과 함께 학교에 다닌다. 일반학교 특수학급에서 보충 교육을 받거나 특수학교에 진학하여 별도의 교육 과정을 밟을 수도 있다. 다만 이때도 과거처럼 분리가 목적은 아니다. 장애 아동을 보호하고 이들을 위한 맞춤 서비스를 제공하자는 취지다. (오늘날 통합교육과 분리교육은 나름의 장단점이 있으며 이는 여전히 논쟁 중이다.) 성년기 장애인에 관한 지원은 상대적으로 매우 부족하지만 일자리 지원 등 경제적 자립을 위한 노력이 계속되고 있다. 장애인에 관한 인식이 결이 할머니가 아이를 키우던 40~50년 전에 비해 나아진 것도 사실이다. 그럼에도 소속을 중요시하는 우리 문화에서 장애라는 '구분'은 사실상 '처벌'이나 마찬가지로 받아들여질 수 있다.

결이 할머니는 어떻게든 결이네를 '정상인 가족' 범주에 진입시키고자 한다. 그렇다면 누가 그 일을 할 수 있을까. 바깥에서 돈 버느라 애쓰는 아들에게 양육을 맡길 수는 없다. 손주에게 싫은 소리 한마디 못 하는 며느리는 심성이 물러서 탈이다. 남은 사람은 나뿐이다. 힘들겠지만, 마음 모질게 먹고 결이를 가르쳐야 한다.

그러나 가족의 힘으로 장애 아동이 겪는 문제를 완벽하게 해결하는 것은 불가능한 미션이다. 학교와 공동체가 힘을 모아도 여전히 어려운 일이다. 어쩌면 '가족 안에서 가족의 문제를 해결하는 것'은 오래된 신화에 가까운지 모른다. 전통적인 가족 간 역할 분담이 행복을 가져다준다는 믿음이 허상인 것처럼 말이다. 진실은 오히려 그 반대에 가깝다. 힘들어하는 결이와 가족이 행복해질 수 있는 가능성은 가족 바깥에 있다.

발달장애는 병이 아니다. 유전도 아니고 전염된 것도 아니다. 그저 그렇게 된 것뿐이다. 사람의 의지로 바꿀 수 없는 현실은 어느 한 사람이, 가족이 책임질 수 없다. 그러니 결이네는 가족 밖으로 나가야 한다. 장애아동이 있는 가족들의 커뮤니티를 찾는 것도 방법이다. 비슷한 아픔을 겪고 있는 사람들은 큰 힘이 된다. 미비하지만 복지시설 등에 가족 지원 프로그램도 있다.

결이네 가족은 무엇보다도 아이의 손을 잡고 가족 나들이를 가야 한다. 여유롭게 공원을 거닐며, 지금 그곳에서 함박웃음을 짓는 여느 이웃들처럼 더불어 살아가는 삶을 즐길 자격이 있음을 스스로에게 알려야 한다. 엄한 훈육으로 결이를 '낫게' 하는 것이 아니라 지금 결이의 모습으로 행복을 찾을 수 있어야 한다.

♣

"우리 산책하러 갈까?"

다음 수업에서는 결이의 손을 잡고 밖으로 나갔다. 아담한 주택들이 늘어선 골목을 지나 큰길로 나가면 다양한 풍경을 만날 수 있다. 내친김에 결이가 좋아하는 소방차를 보러 가까운 소방서에 가기로 한다. 도중에 민들레반 유상이를 만난다. 유상이가 나와 결이를 아래위로 훑어보더니 옆에서 손을 잡고 있던 어른에게 귓속말로 뭐라고 속삭인다.

"네가 결이구나? 결이 안녕." 두 사람이 손을 흔든다. 우리도 반갑게 인사한다.

아래로 하천이 흐르는 다리를 지나면서 햇볕을 만끽하는 사람들이 오가는 천변 길 풍경을 바라본다. 결이는 내 손을 꼭 쥔 채 내가 들려주는 말에 귀를 기울인다.

"저기 자전거가 지나가네. 저 사람은 특이한 줄무늬 옷을 입었다. 헬멧도 썼구나."

"우와, 저 하얀 새 좀 봐. 목은 길고 다리가 무척 가늘다. 가만히 서서 아래를 내려다보고 있네. 물고기가 지나가나 보고 있나 봐."

결이는 얌전히 고개를 끄덕인다. 그러고 보니 오늘은 혼자서 말을 주고받지 않는다. 아무도 지켜보고 있지 않다는 걸 알기 때문일까. 비록 잠시겠지만 집에 계신 결이 어머니도 결이를 어떻게 돌봐야 할지 막막해하며 한숨짓지 않을 것이다. 결이 할머니도 이렇게 된 게 꼭 당신 탓 같아서 당신도 모르게 며느리와 손자에게 험한 말을 쏟아내고는 후회하지 않아도 될 것이다. 문득 결이가 잡은 손에 힘을 주며 어딘가를 가리켰다. 아이의 손끝을 따라가 보니 빨간 소방차가 서 있었다.

"저기 소방차가 있어요. 삐요삐요. 선생님, 저기 소방차가 있어요. 소방관 아저씨 안녕하세요?"

우리는 함께 소방차를 향해 손을 흔들었다. 결이의 얼굴에 환한 미소가 번졌다.

까꿍 놀이

"민아, 지금 네가 만지고 있는 건 얼굴이야, 얼굴. 알겠지?"

민이와 까꿍 놀이를 한다. 아이 눈앞에서 내 얼굴을 두 손으로 가렸다가 치우면서 까꿍 한다. 민이가 손을 내밀면 얼굴을 만지며 직접 느낄 수 있게 둔다. 그러고는 아이가 만지고 있는 게 무엇인지 알려준다.

얼굴, 목, 배, 등, 손, 발, 팔, 다리처럼 우리 몸의 부분을 가리키는 호칭은 영아기 아이들이 일찌감치 터득하는 낱말들이다. 보통은 자기 몸을 만지거나 움직이면서 신체 각 부분을 개념화하지만, 몸이 불편한 민이는 그럴 수 없다. 그래서 거울을 보면서 각 신체 부위에 스티커 붙이고 떼면서 까꿍

놀이를 했다. 이마에 붙이고 까꿍! 방금 붙인 스티커를 떼어
내고 까꿍! 얼굴 주위에 색색의 스티커를 붙였다 떼며 눈,
코, 입, 귀, 턱 등의 낱말도 들려주었다. 그럴 때면 민이는 손
을 내민다. 표정 변화가 없으니 지금 어떤 감정을 느끼는지
는 알 수 없다. 다른 때보다 자주 손을 내미는 걸로 보아 민이
는 까꿍 놀이를 좋아하는 게 분명하다고 생각하기로 한다.

민이는 생후 24개월의 뇌 병변 아동이다. 방문 요청을 받
고 집으로 찾아갔을 때 민이는 피더시트*에 앉아 작은 몸을
꼼지락거리고 있었다.

"이미 물리치료와 작업치료도 받고 있어요. 언어치료는
아직 이르다는 말을 많이 들었지만 그래도 한번 받아보고 싶
었어요. 혹시 모르잖아요. 게다가 요즘 소리를 자주 내고 있
답니다. 조만간 말도 할 거 같아요. 한번 들어보실래요? 민
아, 엄마야. 엄마 해봐. 엄마?"

민이가 기분이 좋은지 몸을 양옆으로 흔들며 손을 내밀지
만 기대와 달리 말소리를 내지는 않는다.

"아유, 우리 민이 좋아? 그럼 선생님이랑 공부 열심히 해~."

어머니가 아쉽다는 듯이 손을 흔들며 자리를 비켜주신다.
나는 반짝이는 탱탱볼을 꺼냈다.

"민아, 선생님이랑 공놀이 하자. 이걸 꼭 잡아, 알겠지?"

누워 있는 아이 눈앞에서 공을 흔들다가 손에 쥐여준다.
아이가 손가락을 오므린다.

"오! 잡았다! 민이가 공 잡았다! 잘하네, 우리 민이 그럼
이번에는 공을 던져볼까?"

그러나 내가 손을 놓자마자 공은 떼구루루 바닥으로 굴러
떨어진다. 아직 물건을 쥘 수 없다. "괜찮아, 괜찮아. 류현진
도 처음엔 그랬다잖아. 우린 열심히 연습할 거니까. 괜찮아.
민아, 공 던지기 말고도 우리가 할 게 많단다." 나는 호들갑
스럽게 과제를 바꾼다.

민이는 앉거나 설 수 없다. 잠깐 상체를 수직으로 세울 수
있지만 그 자세를 유지하지는 못한다. 반짝이는 물건을 눈으
로 좇고, 누운 상태에서 딸랑딸랑 소리 나는 쪽으로 고개를
돌릴 수 있지만 모양과 소리를 구분하기는 어렵다.

나는 촉각을 최대한 활용하기로 했다. 아이에게 차가운
것, 따뜻한 것, 부드러운 것, 까칠까칠한 것, 동그란 것, 네모
난 것 등을 손으로 만지게 하면서 언어 자극을 주었다. 부드
럽고 말랑말랑한 고무찰흙을 한쪽 손에 쥐여주며 이름을 부

른다. 아이가 고개를 돌리거나 손아귀에 힘을 주면 성공! 이
번에는 이름을 먼저 부른다. 아이가 고개를 돌리거나 손을
움직이면 성공!

　민이는 "아으", "어아" 같은 소리를 자주 냈다. 말 표현이 빈
번해졌다는 어머니의 말씀대로였다. 그럴 때면 손을 잡거나
손뼉을 치고 딸랑이를 흔들면서 내가 민이의 소리를 듣고 있
음을 알렸다. 그리고 이를 조건화하여 아이가 의도적으로 발
성하게끔 유도했다. "민아, 선생님이 여기 반짝반짝 탱탱볼
을 둘 거야" 하고는 민이가 어떤 소리든 표현하면 "우와! 민이
가 공을 달라고 했어요" 하며 손에 쥐어주는 식이다. 민이는
상대 반응에 흥미를 느끼는지 계속 몸을 뒤척이며 소리를 냈
다. 그렇게 말을 배우다 지친 민이는 새근새근 잠들곤 했다.

　세 살 남짓한 아이들은 집 안 이곳저곳을 돌아다니며 "엄
마 저거 뭐야?"라고 끊임없이 묻는다. 하지만 그럴 수 없는
민이의 발달 수준은 백일 정도다. 이 시기 아이들에게는 감
각 자극이 중요하다. 보고 듣고 만지고 맛보면서 앞으로 표
현하게 될 말들을 배워나가기 때문이다.

이제 막 백일이 지난 한 아이가 아기침대에 누워 있다. 천정에는 모빌이 빙글빙글 돌아가고 머리맡에는 딸랑이가 놓여 있다. 잠에서 깬 아이는 눈앞에서 움직이는 모빌을 잡으려고 안간힘을 쓴다. 몇 차례 시도 끝에 손이 닿기에는 너무 멀다는 사실을 깨달은 아이가 대신 딸랑이를 잡는다. 작은 물건을 잡고 들어 올릴 수 있을 만큼 근육이 발달한 아이는 딸랑 소리가 나는 그것을 입으로 가져와 핥기 시작한다. 그러면서 평소 먹던 것과는 냄새, 강도, 맛이 다르다는 걸 확인하고는 '딸랑이'는 소리를 내는 장난감이지 배고플 때 먹는 '맘마'가 아님을 기억해둔다.

틈만 나면 만지작만지작, 손에 닿는 것은 무엇이든 입으로 가져가는 이 아이의 세계는 감각으로 이루어져 있다. 지금 내가 느끼는 것이 곧 나의 세계로, 그 안에는 미래도 없고 과거도 없다. 오로지 현재만 존재한다. 그러다 생후 6개월쯤 되면 매우 중요한 인지 능력을 습득하게 된다. 바로 당장 볼 수 없어도, 만지거나 입에 넣어 맛볼 수 없어도 그것들은 존재한다는 깨달음, 바로 '대상영속성'의 이해다. 이제 아이들은 눈앞에서 토마스 기차가 사라졌을 때 울지 않고 두리번거리며 그 흔적을 더듬을 수 있다. 어른에게 숨겨놓은 토마스 기차를 어서 내놓으라고 요구할 수 있다. 눈앞에 없어도 토

마스 기차가 존재한다는 것을 알기에 가능한 일이다. 이는
아동의 언어발달에 매우 중요하다. 언어의 기초가 되는 표상
화 능력과 연결되기 때문이다.

'민이도 그렇겠지?' 까꿍 놀이를 하면서 나는 스스로에게
물었다. '그래서 내가 빛나는 탱탱볼을 눈앞에서 흔들다가
"어디 갔나?" 하며 등 뒤로 감추면 손을 내미는 걸 거야. 눈에
보이지 않지만 계속 존재한다는 걸 아니까. 또다시 탱탱볼이
나타난다는 걸 아니까.' 그렇다면 민이는 지금 다른 아이들
이 앞서 걸었던 길을 천천히 뒤따르고 있는 셈이다. 그렇게
믿으며 나는 부지런히 까꿍 놀이를 계속한다.

그렇게 수개월이 지났을 무렵 마침내 민이의 입에서 "마"
라는 말이 나왔다. 그날 어머니의 표정은 마치 천사라도 본
사람 같았다. 민이가 몸을 반쯤 뒤집다가 마침내 엎드리기에
성공했을 때도 그랬다. 민이는 아직 기어갈 만큼의 힘이 없
었지만 몸의 위치를 스스로 바꾸었다는 건 매우 고무적인 신
호였다. 신체 발달이 계속되어 어쩌면 기거나 걷는 것도 가
능할지 모른다는, 희망의 전조처럼 여겨졌다. 나는 곧 민이
가 만나게 될 세상을 상상하는 재미에 폭 빠졌다.

민이는 조만간 몸을 움직여 손이 미치지 않는 곳에 있던
기저귀 상자에 닿을 수 있을지도 모른다. 그러면 종이로 만

들어진 기저귀 상자가 단단하고 구부러지지 않으며 두드리면 통통 소리가 난다는 걸 감각할 것이다. 시간이 좀 더 흐르면 상자를 짚고 일어서 폭신폭신하고 가벼우며 표면이 매끈한 비닐로 포장된 물건이 그 안에 들어 있다는 사실도 알게 될 것이다.

행동반경이 넓어질수록 더 많은 사물을 감각적으로 인지하고 이를 통해 개념화한 사물의 목록도 늘어날 것이다. 그러다 보면 민이는 언젠가 세상은 사물로 가득하며 그것들은 눈을 감고 잠을 자는 동안에도, 병원으로 가는 차 뒷좌석에서 어머니의 품에 안겨 있는 순간에도 집에 두고 온 모든 것과 마찬가지로 자기 자리에 있을 거라고 여기게 될 것이다. 그런 생각들은 얼마나 따뜻할까.

✿

민이는 이후로도 활발한 음성 표현과 신체 움직임을 보여주었다. 민이가 손에 쥔 그림 카드를 떼어내려면 조금 힘을 주어야 할 정도로 근력도 좋아졌다. 아직 걷지는 못했지만 앉은 상태에서 바로 앞에 있는 공을 주워서 내게 줄 수 있었다. 민이는 이제 막 '근거리 세계'를 벗어날 준비를 하는 사람처럼 보였다.

민이의 세계는 지금 발견으로 가득하다. 늘 새로운 사물이 나타나고 그들은 이 세계에 영속한다. 민이의 세계에는 이별이 없다. 그렇다면 우리는 언제부터 그 '영속성의 세계'에서 떨어져나온 걸까.

한창 민이가 변화를 보일 무렵 나는 상실의 슬픔에 빠져 있었다. 오랫동안 알고 지낸 이의 죽음 때문이었다. 예기치 않은 이별이기에 충격은 더욱 컸다. 머리로는 알았지만 마음으로 받아들이지는 못했다. 그의 죽음을 인정하는 순간 그와 함께했던 시간들이 영원히 지워질까 두려웠다. 아마도 까꿍 놀이를 좋아하는 민이라면 그런 나를 보며 이렇게 말했을지도 모른다.

선생님, 너무 상심하지 마세요. 눈에 보이지 않는다고 해서 존재하지 않는 건 아니에요. 단지 내가 모르는 어딘가에 있을 뿐이랍니다.

이듬해 봄 민이는 허리를 꼿꼿하게 세우고 엄마라고 말할 수 있게 되었다. 민이는 감각의 세계와 작별하고 언어의 세계로 진입했다. 아이들은 자라고 성장에는 이별이 따른다. 그리고 헤어짐 뒤에는 늘 새로운 만남이 숨어 있다. 민이는 곧 그것을 발견하게 될 것이다.

3부

우리가 서로의
약점에 의지한다면

❦

바이올린과 반칙하기

"좋아하는 게 뭐야?"라고 물으면 아이들은 이렇게 대답한다.

"고기요!"

"탄산음료가 좋은데, 엄마가 먹지 말래요."

"게임요. 쌤도 같이 해요."

'좋다'는 말의 의미를 이해하지 못하고 가만히 쳐다보는 아이도 있고 말없이 자기 하던 일을 계속하는 아이도 있지만, 이런 질문을 이해하고 적절한 문장으로 대답할 수 있는 아이들의 대답은 먹는 것이나 게임처럼 즉시 즐거움을 주는 것들에서 벗어나지 않는다. 그런데 훈이만큼은 예외였다.

"저는 바이올린이 좋아요. 연주가 재밌어요."

훈이는 이렇게 대답하며 "쌤은 뭘 좋아해요, 피아노?"라고 되묻기까지 했다. 나중에 알고 보니 훈이의 바이올린 연주는 '좋아하는' 수준을 훌쩍 뛰어넘는 것이었다. 훈이 부모님은 훈이가 어린 시절부터 음악에 재능을 보였으며 실력을 갈고 닦아 특기생으로 진학했다고 알려주셨다. 그러자 언어 사회성 프로그램인 보드게임 수업을 신청하신 이유가 궁금했다.

"간혹 사람들을 당황하게 할 때가 있어요." 훈이 어머니는 훈이가 돌연 연주를 거부하거나 이상행동을 보인다고 말씀하셨다. 가족 모임에 참석하기 위해 말끔하게 차려입고 집을 나서다가 갑자기 자기 방으로 뛰어 들어가 문을 잠그거나 중요한 수업이 있는 날에 학교에 안 가고 집에서 혼자 음악을 들으며 흥얼거리는 등 어머니가 말씀한 문제 행동은 거부와 관련이 있어 보였다. 우선 그 원인을 알기 위해 수업 초기부터 훈이의 성향을 파악하는 데 주력했다. 이 아이가 정말 원하는 게 뭘까?

수업 시간에 자연스럽게 대화를 나누며 보드게임을 하다 보면 훈이는 꼭 묻는다. "선생님, 만약에 지금 제가 선생님 말 안 듣고 반칙하면 어떻게 돼요?" 이때 나는 "괜찮아. 우리끼리는 다 봐줄 거야. 일부러 그러는 것도 아니잖아. 재미있으면 됐지"라고 대답해선 안 된다. 대신 대단히 진지한 표정으로 "반칙하면 빼기 500점!"이라고 말해야 한다. 그러면 훈이는 눈을 동그랗게 뜨고는 슬쩍 웃는다. 그러고 나서 마치 '반칙하면 안 된다고 한 번만 더 얘기해주세요'라고 애원하는 듯한 표정으로 "그럼 반칙 두 번 하면 빼기 1,000점?"이라고 말하고 나서 혼자 배를 잡고 웃는다.

훈이는 '빼기 500점'이 자기 삶에 아무런 위협이 되지 않는다는 걸 안다. '빼기 1,000점'도 마찬가지다. 훈이에게 나의 대답은 안전한 방식으로 규칙을 어길 수 있다는 보증이나 다름없다.

훈이는 반칙을 하고 싶어 한다. 규칙을 어겨도 혼나거나 불이익을 당하지 않는다는 말을 듣고 싶어 한다. 그렇다고 해서 반칙을 일삼지도 않는다. 반칙하려는 자세를 취하고 일부러 그걸 들킨다. 그러면 나는 진지하게 두 손가락으로 브이 자를 만들고는 내 눈과 훈이의 눈을 번갈아 가리킨다. 그러면 훈이는 피식 웃으며 방금 하려던 행동을 멈춘다. 이것이 보드게임 시간에 훈이가 즐기는 진짜 게임이다. 평소 누구보다 규칙을 잘 지키며 생활하는 아이가 왜 이렇게 반칙에 열광하는 걸까.

✤

훈이는 네 살 때 자폐성장애 판정을 받았다.

경제적으로 안정된 가정 환경에서 자란 덕분에 여러 치료 수업을 포함해 다양한 사교육을 받을 수 있었지만 꼭 좋은 방향으로만 작용하지는 않아서 훈이가 상당한 스트레스를 받았다고 한다. 게다가 부작용도 컸다. 어떻게 하면 칭찬을 받고 어떻게 하면 벌을 받는지 알게 된 훈이는 스스로 판단하는 능력을 길러야 할 시기가 한참 지났음에도 여전히 좋아하는 일과 싫어하는 일, 하고 싶은 일과 하기 싫은 일을 스스로 결정하지 못한다.

어른들은 '교정'을 통해 미숙한 아이를 '발전'시키고 싶어 한다. 훈이 부모님도 훈이의 재능을 발굴해서 다른 아이들보다 뛰어난, 적어도 그 안에서 돋보이는 아이로 키우고 싶어 했다. 문제는 이러한 결정에 훈이의 의사는 반영되지 않았으며 교육 과정 역시 강제적이었다는 점이다.

훈이는 원래 바이올린을 좋아하지 않았다. 반복되는 레슨과 연습이 지겹고 어려웠지만 싫다고 말할 수 없었고(그랬다가는 크게 혼날 테니까), 시간이 지나면서는 습관이 되어 그럭저럭 견딜 만했다. 다행히 재능이 있어서 사람들의 칭찬을 받으면서 연주를 즐기게 되었다. 그러나 어릴 적 고통스러운 기억이 불쑥 떠오르면 바이올린을 집어 던지거나 방으로 도망가 문을 걸어 잠그는 등 거부 행동을 보였다.

아이들의 재능을 계발하려는 어른들의 욕망은 때론 아이

들 스스로 판단할 능력을 상실하게 함으로써 자연스러운 성장을 가로막는다. 그 과정에서 상처를 입는 쪽은 언제나 아이들이다. 처음에는 혼나는 것이 두려워서, 부모가 기뻐하는 모습을 보고 싶어서 순순히 따르다가도 더는 견딜 수 없게 되는 순간이 온다. 시키는 어른도 힘들기는 마찬가지다. 정말 아이를 위한 일인지 아니면 부모인 나를 위한 일인지 헷갈리면서 좌표를 잃는 순간이 온다.

많은 경우 아이의 '재능'은 어른의 잣대로 선정된다. 학습 외의 특별한 능력, 이를테면 타인의 감정을 섬세하게 살피는 능력 같은 건 쉽게 간과된다. 주로 영어나 수학, 음악이나 미술 등 눈에 보이는 성취를 이룰 수 있는 것을 '재능'이라고 생각한다. 게다가 아이들은 어른들의 태도에 따라 자기들이 정말 좋아하는 걸 바꾼다. 아이들에겐 내가 좋아하는 일을 하는 것보다 내가 좋아하는 사람이 나를 좋아하게 만드는 게 더 중요하기 때문이다. 그러니 어른의 눈으로 아이의 재능을 판단하면 오해가 생긴다. 부모는 아이가 좋아해서 하는 일이라고 생각했지만 실은 부모가 시키는 일이라 어쩔 수 없이 해온 경우, 그 때문에 아이가 정서적으로 피폐해진 후에야 아이의 본심을 알게 되는 경우가 적지 않다.

어쩌면 어떤 사람이 원래부터 좋아하는 것, 타고난 재능 같은 건 없는지도 모른다. 기호나 재능은 직립보행이나 언어 기능처럼 선천적으로 내장된 게 아니라, 나중에 경험적으로 길러지는 게 아닐까. 지금 자기가 좋아한다고 믿는 것이 사실은 기질과 자신을 둘러싼 욕망 사이에서 타협한 결과는 아닐는지. 훈이를 보면 알 수 있다. 어른이 '이게 네 재능이야' 하고 판단을 대신해준 아이들은 자기 욕망을 억누를 수밖에 없다.

나는 좋아하는 일을 찾는 것보다 혼자 감당해도 외롭지 않은 일을 찾는 게 더 중요하다고 생각한다. 그게 진짜 자신이 원하는 일, 적어도 오래 계속하면서 행복하게 지낼 수 있는 일일 가능성이 크기 때문이다. 그런 의미에서 '고독한 예술가' 같은 표현도 딱 들어맞는 말은 아니다. 자신은 좋아하지 않지만 다른 사람이 원해서 하는 일을 하면서 그들과 함께 있는 것과 온전히 자기와 대면하며 혼자 있는 것 중 어느 쪽이 더 고독할까. 후자의 고독함은 충만함의 오역이다.

훈이는 지금 좋아하는 일을 하고 있다. 반칙하기를 꿈꾸며 보드게임을 하는 동안에는 천재적인 바이올리니스트가 되기 위해 받았던 피나는 레슨과 연습을 떠올리거나, 엄격한 얼굴에 둘러싸여 '혼나지 않는' 완벽한 연주를 해내려고 애쓰며 온몸에 힘을 주지 않아도 된다. 이제는 습관이 된 '자기 억누르기'에서 벗어나 자유로울 수 있다.

아이든 어른이든 자기가 정말 원하는 일이 무엇인지 아는 사람은 많지 않다. 남들이 좋아하는 걸 자기도 좋아한다고 착각하거나 일차원적인 쾌감을 주는 것을 좋아하는 일로 받아들이곤 한다. 오랫동안 다른 사람이 대신 판단해주었기 때문이다. 어릴 때는 잘 몰라서, 무섭고 겁이 나서 어른들에게 부탁한다. 그러다가 어느 순간이 되면 혼자 해보겠다고 한다. 자연스러운 대면의 순간이다. 이때 어른들에게 필요한 건 인내심이다. '혹시라도' 하는 마음을 내려놓고 아이의 실패를 지켜볼 수 있어야 한다. 시행착오를 최소화할 수는 있지만 피할 수는 없다. 자기 선택의 결과를 받아들이면서 아이는 비로소 독립적인 어른으로 자라난다

훈이에게 '반칙하기'란 타인이 대신해준 판단에 대한 거부이자 아동기에 부여받은 어른의 질서에서 벗어나려는 몸부림일지도 모른다. 그렇다면 훈이는 계속 반칙을 해야 한다. 몇 점을 뺏기더라도 그래야 한다.

🍀

숨바꼭질

할머니 품에 안긴 조그만 남자아이, 양옆에는 누나로 보이는 두 여자아이가 서 있다. 그 뒤로는 부모님이 나란히 서서 부드럽게 웃으며 이쪽을 바라본다.

"연아, 이 사람은 누구야?"

내가 사진 속 곰돌이 니트 모자를 쓴 어렸을 적 자기를 가리키자, 뭘 그런 당연한 걸 묻느냐는 듯이 입술을 쭉 내밀고는 "여이(연이)"라고 말한다.

"그럼 이 사람은?"

"누아(누나)."

"할머니는 어디 계셔?"

"응, 여이(여기)."

"어유, 우리 연이 잘한다. 많이 컸네~."

내 칭찬에 연이는 흥, 하고 코웃음을 치며 공부방으로 들어간다. 남의 일에 참견 말고 하던 일이나 마저 하라는 투다. 뒤따라가 연이를 벽 쪽 의자에 앉히고 나는 문 쪽에 앉는다. 테이블에는 읽기 도구들이 놓여 있다. 내년이면 초등학교에 들어가야 하니 우선 글자를 배워야 한다. 이제 문장 표현이 가능하고 간단한 질문을 이해하니까, 어휘를 늘리고 구문을 익히는 데 집중하기로 했다. 그런 능력을 기르려면 반복적인 읽기와 쓰기가 필요하다. 어차피 학교에 가면 배울 테지만, 학습이 더딘 연이로서는 예습을 해두어 나쁠 게 없다.

하지만 내가 생각하는 방향으로 연이를 끌고 가기란 결코 쉬운 일이 아니다. 연이에게는 '관문'이 있다. 비유하자면, 텅 빈 운동장에 연이와 내가 있다. 우리 사이엔 문 하나가 덩그러니 세워져 있다. 이때 어느 방향으로 다가가도 상관없다고 생각하는 나와 달리, 연이는 자신이 세운 문을 통과한 사람만 받아준다.

수업 초기 그 문은 숨기기/찾기 놀이였다.

준비해둔 탁구공을 한쪽 손안에 숨긴다. 두 손을 내밀면 연이가 탁구공이 든 손을 가리키고, 그때 까꿍 하며 손을 펼쳐 탁구공을 눈앞에 대고 흔든다. 그러면 연이는 탁구공을 빼앗아 내 어깨 너머로 던진다. 톡, 톡, 톡. 내가 방 안 여기저기로 산만하게 튀어 다니는 그것을 잡으려고 허둥거릴 때마다 연이는 깔깔거리며 웃는다. 탁구공 찾기가 심드렁해질 때쯤엔 본인이 직접 탁구공이 되어 집 안 곳곳으로 숨어들었다.

어느 날엔가는 자리에서 벌떡 일어나 벽에 몸을 밀착시키더니 나를 돌아보았다. 누나들과 숨바꼭질을 했던 모양이다. 나는 내키지 않았지만 그래야 다음 수업을 진행할 수 있었으므로 연이가 시키는 대로 했다. "어디 어디 숨었나. 머리카락 보일라"라고 외친 후 흔들의자 아래나 거실 소파와 문과 벽 사이, 부엌 다용도실 등을 뒤졌다. 연이를 찾는 일은 어렵지 않았다. 매번 숨는 곳이 정해진 데다 자주 몸의 상당 부분을 드러냈다.

연이는 관문을 통과한 이에게 자애로운 사람이었다. 숨바꼭질이 끝나면 꼬박 20분을 집중해서 과제를 수행해주었다. 어느 날인가부터는 팔씨름을 했다. 손을 꼭 쥔 연이가 콧김을 내뿜으며 힘을 쓰면 나는 끝까지 버티다가 결국은 져주고 두 손을 머리 위로 올린다. 그러면 연이는 손뼉을 치며 좋아하다가 다른 쪽 손을 내민다.

한동안 우리는 서로에게 아무런 불만이 없었다. 각자의 뜻이 관철되었다고 생각했기 때문이다. 나는 아이의 환심을 사서 학습을 유도할 수 있었고 연이는 원하는 놀이를 할 수 있었다. 다만 연이도 나처럼 우리 관계를 동등하게 여겼는지는 알 수 없다. 자기 앞에 있는 치료사는 그저 팔 힘이 약하고, 시간이 되면 가방을 챙겨서 문밖으로 사라지는 사람이며 자기가 원한다면 언제든 다시 보지 않아도 된다고 생각했는지도 모를 일이었다. 그러던 어느 날 평평해 보이던 우리 관계의 시소가 한쪽으로 기울었다.

당시 나는 완만한 상승세를 보이는 연이의 학습 능력을 믿고 한 걸음 더 나아가고 싶었다. 어머님께서 학교에 가기 전에 한글을 모두 떼었으면 하는 바람을 비치셔서 마음이 조금 급해지기도 했다. 그래서 연이가 어려워하는 받침 있는 낱말을 반복해서 연습하고 한글 쓰기 교재를 참조해 연이 나이에 배워야 할 문법을 가르쳤다.

학습 강도를 높이자 연이의 태도가 달라졌다. 연이는 수업 도중 연필을 숨기고는 빈 손바닥을 내보였다. 어서 찾아보라는 뜻이었다. 마지못해 연이가 깔고 앉은 연필을 찾아내 탁자 위에 올리고는 어서 할 일을 하라고 재촉했다. 그러면 마뜩잖은 얼굴로 이번에는 지우개를 숨겼다. 내가 압박의 수위를 높이면 연이는 자신의 주도권을 이용해 회피 행동을 강화했다.

연이는 원래 공부방에서 나를 기다렸다. 하릴없이 연필깎기 손잡이를 빙빙 돌리거나 낙서를 하다가 문을 열고 들어오는 나를 보면 멈추고 제자리로 돌아갔다. 그런데 언제부턴가 거실 소파에 웅크리고 앉아 텔레비전을 보고 있었다. 인기척을 냈지만 연이를 공부방으로 돌아갈 생각이 없어 보였다. 리모컨을 빼앗기지 않으려 이리저리 도망가는 통에 할머니께서 뒤를 쫓으며 숨을 몰아쉬어야 했다. 또래보다 몸무게가 두 배는 더 나가는 연이를 칠순의 할머니가 감당하기란 어려운 일이었다. 방문하자마자 가방을 내려놓고 연이와 실랑이를 벌이는 일이 반복되었다.

가장 곤란한 경우는 문 잠그기였다. 연이가 또르르 달려가 베란다 문을 안에서 걸어 잠그면 하는 수 없이 안방 침실 창문을 통해 넘어가서 데려와야 했다. 같은 방식으로 화장실 안에 숨으면 할머니는 신발장 안쪽 어딘가에서 비상 열쇠를 가져왔다. 그렇게 문을 열고 연이를 안으면 그제야 씩 웃으며 저항을 멈추었다. 어쩌다 우리는 이렇게 되었을까?

'선생님이 내는 과제를 수행하면 재미있는 일을 할 수 있다.'

수업 초기 우리가 맺은 협정은 이처럼 '~하면 ~할 수 있다'라는 조건문으로 구성되어 있었다. 연이는 나와 노는 걸 좋아했다. 누나들이 모두 학교에 가면 연이는 할머니와 집에 남아 선생님이 오기만을 기다렸다. 당시 장애 아동은 일반 어린이집 입소를 거부당하는 일이 많았기 때문이다. 연이 역시 여러 어린이집을 알아보았지만 거절당한 상태였다.❊

연이의 '관문'은 늘 숨기기/찾기였다. 리모컨 숨기기, 커튼 뒤로 몸 숨기기, 베란다로 도망쳐 유아용 미끄럼틀 뒤로 숨기, 화장실로 들어가 문 걸어 잠그기 모두 숨기기/찾기였고 이는 내가 제안한 놀이였다. 그렇다 해도 애초의 계약을 어기고 공부는 안 하면서 숨기기/찾기만 고집하게 되다니. 나는 연이가 변심한 이유를 알고 싶었다.

❀

연이는 기다리지 못한다. 부족한 언어 이해력 탓도 있지만, 여기에는 신뢰 문제가 있다. 연이는 어른들의 약속을 믿

❊ 2016년 영유아보육법 시행규칙이 개정되면서 어린이집은 정당한 사유 없이 아동의 입소를 거부할 수 없지만 여기에는 여전히 '질병, 장애 등에 따른 시설이나 여건이 불충분할 경우'라는 예외 조항이 있다.

지 못한다.

놀이터를 지나다 아이들이 모래 장난을 하는 모습이 보이자 연이도 그 틈에 껴서 손으로 모래를 헤집기 시작한다. 이를 본 할머니가 연이 팔목을 잡으며 말한다. "에이, 연이야. 옷 더러워져." 연이가 몸부림치며 자기 의사를 강하게 표현하자 할머니는 연이를 달랜다. "알았어, 알았으니까, 일단 집에 들어가자. 할머니 말 잘 들으면 다음에는 모래 장난 원 없이 하게 해줄게." 연이는 할머니의 약속에 긴가민가하며 순순히 자리에서 일어선다.

그러나 그 후 연이는 모래 장난은커녕 모래밭 근처에도 가지 못한다. 연로하신 연이 할머니는 집안일을 챙기는 것만으로도 벅차다. 말도 잘 통하지 않는 손주와 놀아줄 기력이 없다. 모래밭에서 몸부림치다 더러워진 연이의 옷을 갈아입히고 나면 온몸이 땀으로 흠뻑 젖는다. 하지만 연이를 달래 집으로 데려오려면 지키지 못할 약속이라도 해야 한다. 연이에게 '말 잘 들으면~'으로 시작하는 조건문은 할머니를 비롯한 수많은 어른에게 들었으나 대부분 지켜지지 않았던 말이다.

'말 잘 들으면~'으로 시작하는 약속들은 아이 입장에서 보면 미래의 보상을 전제로 현재의 욕구를 유예하는 것이다. 갓 태어난 아이들은 약속을 받아들이지 못한다. 배가 고프거나 변을 보고 싶으면 곧바로 운다. 시간이 지나면서 아이들은 기다릴 줄 알게 된다. 그러면 더 큰 즐거움이 온다는 걸 경험한 덕분이다. 언어 능력이 향상된 아이들은 약속하는 문장의 의미를 이해한다. '조금 기다리면 엄마가 우유를 줄게', '지금 양치하면 만화영화 보게 해줄게'. 다만 이 문장을 고스란히 받아들이려면 믿음이 필요하다. 기다리면 엄마가 우유를 줄 거라는 믿음. 양치를 하면 만화영화를 보게 해줄 거라는 믿음. 어른들은 아이를 달래기 위해 아이들과 수많은 약속을 한다.

"알았어. 다음 주에는 꼭 놀이동산에 놀러 가자. 그 대신 아빠 말 잘 들어야 해."

"지금은 바쁘니까, 안 돼. 한 시간만 참아. 그럼 꼭 놀아줄게."

"알았어. 다음에 꼭 사러 가자."

그러나 많은 약속이 지켜지지 않는다. 일부러 어기는 것도 아니고 지키지 못할 어른의 사정도 있다. 하지만 곤란한 상황을 피하려고 지키지 못할 약속을 남발하다 보면 신뢰가 깨진다. 약속이 지켜지지 않는다는 걸 알게 된 아이는 기다리지 않는다. 원하는 것을 다른 방식으로 쟁취한다. 이런 경험이 쌓이면 말을 듣는 대신 자기 하고 싶은 일을 고집한다. 이건 연이만의 이야기가 아니다.

학교에 가면 또 다른 약속을 듣는다. '지금 놀고 싶은 마음

을 참고 공부하면 보상받는다.' 어른이 되어 사회에 진출하
면 다른 약속이 기다리고 있다. '성실하고 정직하게 노력하
면 성공한다.' 그러나 이런 약속들도 잘 지켜지지 않는다. 약
속된 보상을 받지 못한 사람들은 미래를 기약하는 대신 당장
이익이 되는 것에 집중한다.

  연이를 떠올릴 때마다 무언가를 기다리는 듯한 표정이 떠
오른다. 연이는 내게 무엇을 기대했을까. 나는 그 기대를 충
족시켜 주었던가. 나는 연이에게 무엇을 기대했을까. 서로의
기대를 충족할 가장 좋은 방법은 무엇이었을까.

  사람과 사람 사이의 믿음은 우리를 지탱하는 보이지 않는
힘과 같아서, 우리가 외부의 충격에 흔들릴 때마다 오뚜기처
럼 중심을 잡게 해준다. 그리고 그런 믿음은 작은 약속의 끈
들로 만들어진다. 연이에게 숨기기/찾기 놀이는 기대했던
미래가 여지없이 실현되는 특별한 약속이었다. 연이가 커튼
을 젖힌 순간 찾아낸 것은 나라는 사람이 아닌, 자신에게 꼭
필요한 무엇이었던 셈이다. 연이가 앞으로 그 '무엇'을 계속
해서 찾아내 자신을 둘러싼 관계를 믿음으로 꼭꼭 채워갔으
면 좋겠다.

♣

우리의 거리, 다섯 걸음

"안녕, 내 이름은…."

내가 말을 마치기도 전에 초롱초롱한 눈으로 이방인을 살피던 호는 휙 하고 몸을 일으키더니 집 안 여기저기를 돌아다녔다. "호야, 선생님이 신기한 거 가져왔는데 한번 볼래?" 미리 준비해온 비눗방울 장난감을 꺼내도 관심이 없다.

호처럼 제자리에 앉아 수업을 진행할 수 없는 아이는 단둘이 마주하는 연습부터 해야 한다. 주 양육자인 어머니와 떨어져 방에서 수업을 진행하기로 했다. 쉬운 일은 아니었다. 호는 계속 문을 열고 나가려고 했고 그때마다 나는 우리가 해야 할 일들을 가리켰다.

"호야, 우린 글자 퍼즐을 풀어야 해. 여기 네모난 조각 보이지? 그걸 제자리에 끼워줘."

　퍼즐은 호처럼 집중이 어려운 친구들이 치료사와 공동 행위를 유지하는 데 도움이 된다. 특히 우리말 글자 조각은 각자 고유의 음가가 있기에 모양과 소리를 연결 지어 모방 연습을 하기에 좋다.

　호는 글자 조각 맞추는 일을 어렵지 않게 해냈다. 모방도 일부 가능해서 미음, 비읍, 피읖과 같은 입술소리 자음을 따라 했다. 그럴 때마다 우리는 하이파이브를 했다. 칭찬의 의미도 있었지만, 손바닥을 자극하여 하나의 과제가 끝났음을 알려주려는 의도도 있었다.

　글자 조각을 제자리에 끼우고 말소리를 따라 하고 그림 카드를 골라내는 일 등을 반복하면서 30여 분을 보냈다. 호로서는 고역이었을 것이다. 인내심을 발휘한 것에 걸맞은 보상이 필요했다. 그래서 다음 주에는 호가 좋아하는 야외수업을 하기로 했다. 한번은 공부방에서 호가 싫어하는 과제 중심 수업하기, 다음번에는 호가 좋아하는 야외수업 하기.

　언어 평가 결과 호의 언어 수준은 이해 측면에서 두 살, 표현 측면에서 한 살 정도였다. 초등학교 입학을 앞둔 제 나이에 비해 한참 떨어지는 수치다. 그런 호가 특별히 좋아하는 게 있었으니 바로 '높은 곳에 올라가기'다.

"호야, 왜 자꾸 높은 데에 올라가니? 어른들이 위험하다고 말려도 손을 뿌리치며 달려가잖아. 높은 곳이 그렇게 좋아?"

이런 질문에 호는 대답할 수 없다. 그저 '너는 왜 올라오지 않아? 왜 시시한 땅에서 나를 올려다보는 거야?' 하는 듯한 눈으로 나를 빤히 내려다볼 뿐이다.

아이들은 높은 곳에 올라가는 걸 좋아한다. 그네를 높이 밀어달라고 조르고 시소를 타며 소리를 지른다. 트램펄린에서 공중제비를 하고 첨벙 하고 물을 튀기며 다이빙을 한다. 그러고 보니 어른도 그렇다. 돈을 내면서까지 자이로드롭이나 바이킹을 탄다. 스키를 타며 위험천만한 곡예를 즐기고 세상에서 제일 높다는 산을 목숨을 걸고 올라간다.

고소공포증이 있는 나로서는 알 수 없지만, 높이 올라가는 일은 사람에게 성취감을 준다고 한다. 호도 그랬을까. 높은 곳에 오르며 자기가 지상에서 못한 일을 해냈다는 뿌듯한 기분을 느꼈을까.

호는 어느 틈에 또 정글짐 정상에 올라 '너도 한번 해봐'라고 말하는 듯한 눈으로 나를 내려다본다. 보통의 중증 자폐성 장애 아이들은 자기 감각에 몰입하여 상대는 안중에도 없는 듯이 행동하지만 호는 그러지 않았다. 늘 내 눈치를 살폈다.

한번은 동네 공원의 운동기구를 이용해 호에게 몸동작을

따라 하게 하면서 말 표현을 유도했다. 스키를 타듯이 손잡이를 잡고 발판을 앞뒤로 흔드는 기구, 자동차 핸들처럼 생긴 둥근 바퀴를 잡고 빙글빙글 돌리는 기구도 있었다.

어느 기구든 호의 관심은 오래가지 않아서, 잠깐 움직여보더니 금세 자리를 옮겼다. 자꾸 공원 밖으로 나가려고 하는 바람에 뒤쫓아 가서 데려오기도 했다. 특히 집에서 다른 장소로 이동할 때 주의를 기울여야 했다.

그런 일이 반복되자 생각이 바뀌었다. 호가 높은 곳에 오르는 건 도망치기 위해서가 아닐까. 기분이 좋아서, 시야가 탁 트여서가 아니라 나처럼 손을 꼭 붙들고 하기 싫은 일을 시키려는 사람에게서 벗어나기 위해, 타인으로부터 안전한 장소로 피신하기 위해 높은 곳으로 달아나는 것이다. 호가 정점에 올라 지어 보이던 표정이 다르게 보이기 시작했다.

✿

호가 나에게서 멀어지듯 높은 곳에 오른다는 생각에 조금 서운했지만, 치료사로서 호의 마음에 한 발 다가가야겠다고 마음먹었다. 어느 날 일부러 높은 곳으로 올라갈 수 있는 장소로 갔다. 여유를 보이기 위해 호가 도망쳤을 때도 당황하지 않고 아이의 동선을 눈으로 좇았다. 호가 의기양양한 표정을 지으며 안심할 때까지 충분히 기다린 후 천천히 다가갔다. 호가 당황하지 않도록 한 칸 한 칸 계단을 오르듯이. 마음속으로 친밀한 관계(라포르)를 형성할 순간이 오기를 기대하면서. 지금과 같은 일방적 관계에서 벗어나 최소한의 언어적 소통을 할 수 있길 바랐다.

결말이 아름다운 영화라면 우리는 정점에서 만나야 한다. 나란히 앉아 발아래 펼쳐진 풍경을 공유해야 한다. 지금까지와는 다른 비밀스럽고 끈끈한 유대감을 가진 채로 그곳에서 내려와야 한다. 하지만 그런 일은 일어나지 않았다. 호는 내 손이 닿을 만큼 거리가 좁혀지자 다람쥐처럼 몸을 미끄러뜨리며 반대편으로 내려갔다. 조금 섣부르게 다가갔나 싶어 더 천천히, 오랜 시간을 기다려보았지만 결과는 같았다. 되돌이표 앞에 선 기분이었다.

외부 활동 없이 온전히 과제 중심으로 진행하기로 계획을 바꿔보기도 했다. 대체로 호가 내가 요구하는 동작을 수행하는 단순하고 평면적인 것들이었다. 호는 과제를 하는 도중에는 내 얼굴을 한참이나 들여다보았다. 거기 있는 사람이 정말 나인지 확인하는 사람의 눈이었다.

호는 시각적으로 둔감한 아이다. 모양과 형태를 세분화해서 구별하는 것을 어려워한다. 어쩌면 호에게는 얼굴이 그 사람을 변별하는 기준이 되지 못할지도 모른다. 나는 호가 나라는 사람을 명확히 인식하고 함께해야 할 일을 이해하기를 바라며 힘주어 호가 따라 할 말을 알려주고 몇 번이나 반복해서 모방을 요구했다. 그렇게 30여 분이 지나면 호는 비로소 공부방을 나갈 수 있었다.

그날 이후 호는 자주 우는 사람이 되었다. 방 한구석에 앉아 무릎 사이에 얼굴을 파묻고 몸을 떨며 훌쩍였다. 그전에도 이런 모습을 보이기는 했지만 지금처럼 자주 운 적은 없다고 어머니는 말씀하셨다.

대체의사소통기구(AAC) 사용도 고려했다. 말 표현이 어려운 사람들에게 기호나 그림 등을 가리키며 자기 의사를 표현할 수 있게끔 유도하는 기구다. 그림 카드나 이미지 표시 장치를 소지하고 있다가 화장실에 가고 싶거나 배가 고프다면 해당 그림을 제시하는 방식이다. 하지만 호의 경우는 인지적으로 그림과 기호를 변별하기 어려운 상태라 이마저도 힘들었다. 호의 세계는 진입 불가능한 미지의 세계처럼 보였다.

호와 마주하고 있으면서도 지구 반대편에 있는 것처럼 느껴질 때가 있었고 이전보다 가까워졌다는 느낌을 받을 때도 있었다. 함께 노력한 끝에 몇 가지 모양과 형태를 변별할 수

있게 되어서 사과 카드와 포도 카드를 골라내는 호를 볼 때
는 한껏 고무되기도 했다. 그러나 더 눈에 띄는 진전은 없었
고 우리는 가까워지지 못했다. 여전히 말로 자신의 욕구를
표현하지 못하는 호를 바라보는 어머니의 안타까운 눈을 마
주할 때면 송구한 마음이었다. 얼마 후 호는 언어치료를 종
결하고 대신 작업치료 와 특수체육 을 받기로 했다.

평행선.
호를 생각하면 떠오르는 말이다. 호는 늘 저만치 앞서 뛰
어간다. 그러다 이름을 부르면 멈춰 서서 뒤를 돌아본다. 다
가서면 또다시 그만큼의 거리를 성큼 나아간다. 마치 자성이
같은 자석처럼 우리 사이에는 정확히 다섯 걸음의 거리가 생
긴다. 호와 가까워지고 싶었던 내게는 너무도 먼 거리였다.
호는 언어 바깥에 있는 아이다. 나는 늘 치료사로서 해야

신체 운동 기능이나 감각 기능 등의 회복을 돕는 치료 활동.
장애인의 신체 기능 및 사회성 회복 등을 돕는 치료 활동.

할 일을 생각하지만 호는 그런 지상의 규칙에서 벗어나 있다. 그래서 선생님과 거리를 유지하며 높은 곳에 올라갔을 때 가장 행복한 표정을 지어 보인다. 지상에 있는 나를 내려다보며 '저 잘했어요?'라고 묻는 듯한 호에게, '당연하지, 네가 가장 좋아하는 일을 했잖아'라고 말하며 손을 흔들어주고 싶었지만 그러지 못했다.

마지막 수업을 마치고 호와 작별 인사를 했다. 해맑기만 한 아이의 얼굴을 보며 문득 호의 행동에는 아무런 의도가 없었다는 생각이 들었다. 우리 사이의 거리를 결정하는 것은 내 욕심이 아니라 우리의 믿음일 것이다. 그동안 호는 내게 이렇게 말하고 있었는지도 모른다. "선생님, 모든 사람과 가까워질 순 없어요. 가까워지지 않아도 괜찮아요." 이후로 호와 비슷한 아이들을 만나면서 그들과의 거리에 익숙해졌다. 관계에 대한 조급함에서 벗어나자 호가 서 있던 자리가 더 이상 멀게 느껴지지 않았다.

❧

회복을 위한 용기

내가 만나는 사람들은 대부분 어린이다. 의사소통 장애를 겪는 사람이 어린이뿐이라서는 아니다. 국가에서 치료비를 지원하는 대상이 대부분 어린이와 청소년으로 제한되어 있기 때문이다. 일부 지방자치단체에서 성인의 언어치료 서비스를 지원하고 있으나 예외적이다. 지금처럼 지원 대상이 만 18세까지로 제한되기 전에는 종종 어른과 언어치료 수업을 하기도 했다. 그중 인규 님은 뇌졸중으로 언어 기능에 손상을 입은 사례였다. 장애 아동의 언어치료 수업과 달리 후천적인 원인으로 문제가 생겼을 경우는 회복과 보존에 중심을 둔다.

후천적인 언어장애의 원인으로는 치매나 뇌졸중이 대표

적이다. 뇌졸중은 뇌 내 혈류 이상으로 혈관이 막히거나 터져 해당 부위의 뇌 기능이 정지하는 질병이다. 병변에 따라 생명이 위태로울 수도 있고 몸 일부를 사용하지 못하거나 언어장애가 발생한다. 이때 뇌 손상으로 상실한 기능의 회복을 돕고 더 나빠지지 않도록 돕는 것이 언어치료사의 역할이다. 치매 같은 퇴행성 질환이라면 잠재 능력을 최대한 끌어올려 현 상태를 오래 유지하는 것을 목표로 삼는다.

인규 님은 65세 언저리에 뇌졸중을 겪었다. 다행히 생명에 지장은 없었으나 언어 기능에 심각한 손상을 입었다. 그 탓에 제때 필요한 단어를 떠올리는 데 상당한 시간이 걸리고 말투가 어눌하여 상대방이 이해하기 어렵다.

"선생님, 안녕하세요. 오늘은 단어 연상 연습을 하실 거예요."

"그, 으… 으… 아이…. (그래요)"

"제가 테이블에 글자 조각을 뿌려놓을 테니까 잘 듣고 조합해주세요. 자, 시작합니다. 발에 신는 거!"

"끄응… 어… 드드… 머…. (어느 건가. 뭐지?)"

인규 님은 시옷 자를 들고 한참을 망설였다. 하지만 연습을 거듭할수록 그 시간은 줄어들었으며 점점 집중력도 좋아졌다. 성인 언어치료에서 대상자의 '의지'는 예후에 크게 영향을 미친다. 살아야겠다는 다짐, 지금보다 나아지리라는 희망, 그리고 무엇보다 과거로 돌아갈 수는 없다는 당연한 사실을 받아들일 용기가 필요하다.

어두운 방에 누워 불을 켤 때마다 짜증을 내던 인규 님은 수업 시간만큼은 열의를 보였다. 어쩌면 삶에 대한 비관보다 서른 살은 어려 보이는 치료사 앞에서 체면을 구기고 싶지 않은 마음이 더 컸을지도 모른다.

"의욕이 없어요. 밥도 하루에 한 끼만 먹고 뭘 하자고 해도 다 싫대요."

보호자인 아내분께서는 고개를 절레절레 흔들었다. 발병 이전의 생활이 어땠는지 구체적으로는 알 수 없지만 주변의 도움 없이 그야말로 자수성가하신 분인 듯했다.

"고집이 어찌나 센지 애들 말도 안 들어요. 병원엘 그렇게 가자고 해도 안 가더니 결국 이렇게 되니까 얼마나 속이 상해요."

뇌졸중 이전에 몇 번의 전조 증세가 있었지만 그때마다 술만 줄이면 된다며 병원은 무슨, 하고 손사래를 쳤다고 한다. 아내분은 이 모든 것이 충분히 막을 수 있었던 불행이라고 말하고 싶어 했지만 이미 엎질러진 물이었다.

지금 할 수 있는 일을 하는 게 최선이라고 말씀드리고는 다

음 회기부터 야외 활동을 했다. 어둡고 좁은 방에 누워 지난
날을 떠올리며 악몽을 꾸거나 나른한 절망감에 빠져 하루를
보내는 일에서 벗어나야 했다. 그러려면 몸을 움직여야 한다.

큰소리를 내며 발성 연습을 하기 위해 조용하고 한산한 체
육 공원으로 향했다. 인규 님은 꾸부정한 허리를 펴고 멀리
해가 떠 있는 방향을 지그시 바라보며 나이 어린 치료사가
요구하는 소리를 내려고 애썼다. 소리는 약하고 발음은 뭉개
졌다. 발성을 강화하기 위해 뱃심을 키워야 했다. 공원의 운
동 기구들을 활용해 배에 힘을 주도록 했다.

인규 님은 자주 지쳤다. 우리는 벤치에 나란히 앉아 어색
한 휴식 시간을 보냈다. 그럴 때면 아버지 생각이 났다. 고향
인 섬마을을 떠나 혈혈단신 서울로 올라온 스물다섯의 청년.
그곳에서 한눈에 반한 여자와 결혼을 하고 두 아이를 키우며
몇 번의 우여곡절을 이겨내고 가정을 지켜낸 사람. 한때 야
심만만한 청년이었을 아버지는 어느덧 자식들의 보살핌이
필요한 노인이 되었다.

수십 년의 세월이 흐른 지금 아버지 마음에 자리한 것은 혼
자 힘으로 여기까지 왔다는 자부심일까. 아니면 그동안 홀로
감당했던 것들을 누구도 알지 못한다는 데서 오는 외로움일
까. 문득 인규 님의 굽은 등이 아버지의 그것과 겹쳐 보였다.

"크으그."

먼 산을 바라보던 인규 님이 나지막이 말했다. 너무도 소리가 작아서 그만두자는 말인지 단지 한숨일 뿐인지 알 수 없다.

인규 님과 비슷한 일을 겪은 많은 사람이 끝없는 좌절에 빠진다. 바르게 살지 않아서, 이기적으로 살아서, 불효를 해서 벌을 받는것이라고 자책한다. 과거에 범했던 아주 사소한 실수마저 그 증거로 동원된다. 반대로 긍정적인 신호 앞에서는 고개를 젓는다.

건강했던 과거로 돌아갈 순 없다. 꾸준히 언어재활 훈련을 받는다 해서 나아진다는 기약도 없다. 불확실한 희망에 기대느니 확실한 절망 쪽으로 마음이 기운다. 망가져버린 육체를 드러내어 사람들의 비웃음을 사느니 아무도 없는 곳에서 조용히 지난 삶을 뉘우치며 죽는 날을 기다리겠다고 비관한다.

인규 님을 괴롭히는 무기력함 배후에는 상처받지 않으려는 마음이 있다. 지금의 좌절을 방패막이 삼아 더 큰 좌절로부터 자신을 보호하려는 것이다. 지금의 절망은 오지 않은 미래에 대한 공포가 빚어낸 가상현실이다. 여기서 벗어나려면 몸을 움직여야 한다. 나는 인규 님에게 그만 자리에서 일어나시라고, 한 번 더 소리를 내보자고 한다.

불의의 사고는 많은 것들을 바꾸어놓는다. 익숙한 삶의 루틴, 그동안 자신이 만들어온 가치관, 끈끈하게 유지되던 가족 관계, 앞으로의 인생 계획 등 모든 것이 달라진다. 하지만 어떤 사람이 아주 오랫동안 구축한 태도만큼은 지킬 수 있다고 나는 믿는다. 가령 미래를 낙관하며 희망을 품고 노력해오던 사람은 사고 이후 시간이 걸리더라도 낙관을 지켜내고 만다. 나에게 그것을 알려준 분이 있었다.

미국 대기업에 다니며 승승장구하던 그분은 어느 날 찾아온 뇌졸중으로 직장을 그만두고 병원비를 감당할 수 없어 한국으로 돌아왔다. 그분이 잃은 가장 큰 것은 언어였다. 영어와 한국어에 능통했으나 사고 후 영어에 대한 기억이 사라졌다. 한국어 능력도 의사소통이 쉽지 않을 정도가 되었다.

그분은 다양한 사연을 지닌 후천적 언어장애 환자분들과 성인 그룹 언어치료 수업에 참여했다. 텔레비전 뉴스 아나운서 역을 맡아 사건 사고와 날씨를 전하는 연습을 하거나 일상을 주제로 소소한 대화를 나누며 오늘은 지난번보다 얼마나 더 유창하게 말했는지, 아쉬운 점은 무엇이었는지 서로 피드백해주는 수업이었다. 낯선 이들에게도 다정한 말씨로 이야기하는 그의 모습이 무척 인상적으로 남았다.

그분은 참여자 중에서도 언어 기능이 좋은 편은 아니었다. 말 속도를 조절하거나 특정한 낱말을 빠르게 연상하는 일에 서툴렀고 읽고 쓰기도 능숙하지 못했다. 그럼에도 늘 의욕적이었다. 상실의 고통은 이제 사라졌다는 듯 웃으며 화려했던 과거를 추억했으며 타인의 사연에 진심으로 공감했다. 수줍게 치료사의 평가에 귀 기울이던 그분과의 수업이 끝나고 나면 무척 많은 대화를 나눈 듯한 기분이 들었다. 말로 전해지는 것은 말뿐만이 아니다. 삶을 바라보는 태도와 가치관, 의지, 간직해온 꿈 등 수많은 삶의 기록이 함께 담겨온다. 말이 서툴러지면 말이 무엇을 전해주는지 더 분명해진다.

그분의 '의지'는 내게 '도움 요청하기'로 기억된다.

"무으 여러즈." (문을 열어주시겠어요?)

"저그." (저것 좀 가져다주세요)

그러면 활동보조인이나 나 같은 치료사들이 휠체어를 잡은 손을 놓고 문을 열거나 그분이 원하는 물건을 가져다준다. 비슷한 상황에 처한 많은 분이 도움을 청하는 것을 어려워하고 가로막힌 문을 물끄러미 쳐다보다가 한숨만 쉬거나 애초에 그런 일이 생길 걸 우려해 외출을 거부한다. 솔직하게 도움을 청하려면 타인의 도움을 받아야만 할 정도로 지금 상황이 좋지 않다는 사실을 받아들이는 용기가 필요하다. 그 과정은 멀고도 험한 길이어서 자신은 물론 주변 사람들의 한숨과 눈물로 덮여 있기 마련이다. 그 길을 지나 여기까지 온 것이다.

자신의 한계를 인정하고 상대에게 도움을 요청하는 일은 쉽지 않다. 하지만 우리는 누구나 그런 시절을 지나왔다. 어린이는 어른에게 의지한다. 어른이 되면 스스로 그 일을 하고 싶어 하고, 좀 더 어른이 되면 타인에게 지시하는 사람이 되고 싶어 한다. '불의의 사고'는 그 길을 거꾸로 거슬러 가게 만든다. 그뿐이다. 스스로 최선을 다한 후에 타인에게 의지하는 것은 부끄러운 일이 아니다.

뇌에는 '가소성'이란 것이 있어, 환경에 적응하면서 스스로를 바꾼다. 뇌졸중으로 파괴된 신경계가 회복 가능한 이유이다. 그래서 발병 초기에 누워만 있던 사람이 재활훈련을 통해 두 발로 걷게 된다. 말을 거의 하지 못하던 사람이 의사소통이 가능해질 정도로 호전된다. 언어 기능을 담당하던 세포가 손상되면 주변의 다른 뇌세포가 마치 일을 거드는 이웃처럼 그 기능을 수행한다. 사람의 몸이 그렇듯 우리 존재도 애초에 그렇게 생긴 건지도 모른다. 그렇기에 우리는 몸이 불편한 사람에게 다가가 짐을 대신 들어주어도 괜찮겠냐고 묻는다. 언젠가 스스로 무언가를 할 수 없게 되었을 때, 자기 역시 타인의 도움이 필요하다는 것을 알기 때문이다.

　교통사고, 뇌졸중, 혹은 감염병 같은 후천적 요인으로 언어 장애를 겪는 많은 성인이 막막한 현실 앞에서 좌절한다. 혼자 서는 아무것도 할 수 없다고 단정하고 만다. 틀린 생각은 아 니다. 다만 사고를 당해서 그런 것이 아니라, 사람은 원래 혼 자서는 아무것도 할 수 없다. 우리가 혼자 해냈다고 믿는 상 당수는 누군가 알려준 일이거나 누군가와 약속한 일이다.

　사고를 겪은 많은 이가 세상과 거리를 두고 싶어 한다. 특 히 외로웠던 사람은 더 외로워지려는 경향이 있다. 그러나 희망은 용기에서 오고, 용기는 관계에서 온다. 관계 속에 있 을 때 우리는 회복을 향한 용기로 나아갈 수 있다.

♣
머머이와 도도이

곧 수업이 시작될 텐데도 형이는 동네 곳곳을 돌아다닌다. 형이 어머니는 안방에 탁자를 놓아주시고는 "고새를 못참고 나갔나 봐요. 금방 찾아올게요" 하고 밖으로 나가신다. 그러면 3분도 지나지 않아 형이가 손을 탁탁 털며 나타난다. 오늘치 숙제를 모두 해결했다는 듯이. 그러고는 내 쪽을 돌아보며 말한다.

"다다이 대대아."

양손을 어깨에 올렸다가 내리는 걸로 보아 가방을 내려놓으라는 뜻인가 보다. 다운증후군인 형이는 또래보다 입안 공간이 좁고 그에 비해 혀가 크다. 민첩하게 혀를 움직여 다양한 자음을 소리내는 데 어려움이 있다.

"형이 안녕?"

"다다다 도도이 다다다."

"아… 형이도 반갑다고?"

"다다다 도도이 다다다."

"아… 그래 나도 반가워. 그런데 뭐 하다 왔어?"

형이가 손으로 창밖을 가리킨다.

"다다다 도도이 다다다."

"밖에서? 음… 그랬구나."

나는 형이가 가장 중요한 일을 마친 다음에야 만나는 사람이다. 교구를 꺼내고 수업을 준비하는 동안 형이는 화장대 서랍을 정리한다. 머리빗이나 면봉 통, 손톱깎이 같은 잡동사니들을 이리저리 옮겨 담는다. 그러다 문지방을 넘어 컴퓨터 게임에 몰두하고 있을 형으로부터 "저리 가. 꺼지라고!"라는 말을 들을 때까지 건넌방 문을 두드린다. 이 과정을 마치고 나서야 형이는 비로소 밥상 겸 수업용 탁자 앞에 앉는다.

사람에겐 저마다 장점이 있다. 형이는 발음이 안 좋고 언어 이해 수준도 또래와 차이가 있지만 사회성이 좋다. 사람들과 잘 어울리고 남들이 뭐라 하든 눈치를 보며 주눅 드는 법이 없다. 그래서 어머니의 만류를 무릅쓰고 남의 집 대문을 열고 들어가 '머머이'(개)에게 밥을 준다. 먹기 편하게 밥

그릇을 밀어주고는 옆에서 그 모습을 지켜보다 머머이의 머리를 쓰다듬는다.

사람들은 이런 형이를 부담스러워한다. 처음엔 호의적이던 집주인은 매일 제집처럼 마당을 드나드는 형이에게 허락 없이 남의 집에 들어오면 안 된다고 호통친다. 며칠 후 형이만 보면 꼬리를 살랑살랑 흔들던 개는 그 집 마당에서 자취를 감춘다. 하지만 형이는 실망하는 법이 없다. 동네에 형이가 보살필 개와 고양이는 많다.

개와 고양이를 돌볼 때 형이는 어른스럽다. 스무 살이 되었는데도 왜소한 몸집 탓에 그가 청년이라는 사실을 자주 잊는다. 형이는 어른이다.

🍀

우리가 처음 만났을 때 형이는 초등학교 2학년이었다. 그때부터 10여 년간 언어치료 수업을 했다. 다운증후군 아이들이 갖는 전형적인 결함이 있지만 인지 수준이 심각하게 떨어지지는 않았다. 일상생활에서 쓰이는 웬만한 단어들을 알고 있었다. 타인과의 의사소통을 가로막는 가장 큰 문제는 발음이었다.

형이가 아는 것을 다른 사람들은 모른다. 그 반대의 경우도 마찬가지다. 형이가 아무리 열심히 설명해도 사람들은 거듭 눈을 깜빡이며 서 있을 뿐이다. 낮은 말 명료도* 때문이다. 이로 인해 형이가 얼마나 자주 부탁을 거절당했을지, 혼자 해결할 수 없는 일들에 부딪히며 얼마나 깊은 무력감을 느꼈을지 나로선 상상하기 어렵다.

형이는 부지런하다. 집 주변을 돌아다니며 비질을 하고 종이상자나 스티로폼 박스를 가져와 마당 화단에 손수 지은 고양이 집을 보수한다. 그러다 나와 마주치면 "도도이 나옹 나옹" 하며 고양이 찾는 시늉을 한다. 지나가는 사람이 고양이가 운다고 착각할 만큼, 고양이와 닮은 소리를 낸다. 어쩌면 이렇게 고양이 소리를 잘 내지?

형이는 미음, 비읍 같은 입술소리나 니은, 디귿 같은 잇몸소리를 잘 낸다. 하지만 다른 소리는 영 어렵다. 한 음절씩 말하면 비교적 정확하지만 두세 음절을 연이어 말하면 음이 왜곡된다. 그래서 형이가 "고양이 야옹"이라고 몇 번을 말해도

---

*   화자가 전달한 정보를 청자가 정확히 인식하는 정도. 발음이 분명할수록 명료도가 높다.

우리는 "도도이 나옹"으로 듣는다. 수업이 진행되면서 조금씩 나아졌지만 여전히 낯선 사람이 형이의 말을 알아들으려면 어머니의 번역이 필요하다.

형이는 외롭다. 또래들은 말도 안 통하는데 자꾸만 따라다니는 형이를 좋아하지 않는다. 네 살 차이 나는 형은 한눈에도 남과 다른 티가 나는 동생을 싫어한다. 만나는 어른들은 똑바로 말하라고 다그치거나 형이의 존재를 무시한다. 함께 놀아줄 사람, 온전히 마음을 받아줄 사람은 없다. 그러다 화단 담장에 올라앉은 도도이를 만난다. 어제 먹다 남은 치킨 조각을 던져주니 스스럼없이 다가와 얼굴을 신발에 대고 문지른다. 상대가 경계심을 내려놓고 다가오는 순간의 기쁨이 온몸을 짜릿하게 한다. 보이지 않던 것이 보이기 시작한다. 동네에는 도도이만큼이나 말이 잘 통하는 머머이들이 있다.

머머이들은 목줄에 달린 방울을 딸랑이며 둑방길을 산책하거나 할아버지 할머니가 끄는 유아차에서 고개를 내밀고 주위를 둘러본다. 형이는 잰걸음으로 다가가 준비해둔 간식 봉지를 꺼낸다. 당황하던 어르신들은 지난번에도 만났던 아이임을 깨닫고는 슬며시 미소를 짓는다. "형이구나? 우리 형이 착하네. 맛있는 과자도 주고."

형이는 외롭지만 바쁘다. 마을 청소도 열심히 한다. 근처에 수업이 있어 지나가다 마주칠 때면, 형이의 장갑 낀 손에는 플라스틱 쓰레받기와 빗자루, 쓰레기봉투가 들려 있다. 형이는 큰길 전봇대 주위에 버려진 담배꽁초를 쓸어 담거나 담벼락에 올려진 플라스틱 컵을 회수하거나 널브러진 쓰레기봉투를 한곳에 모은다. 사람들은 형이를 보며 한마디씩 하고 지나간다. "오! 형이구나. 착하네. 청소를 다 하고."

나는 그런 장면을 볼 때마다 형이가 낯설다. 수업 시간만 되면 딴청을 부리고 몇 번의 실랑이 끝에 겨우겨우 과제를 풀던 그가 이처럼 솔선수범하는 사람이었다니. 어쩌면 그것은 형이가 찾아낸 방법일지도 모른다. 자신을 좋아하지 않는 사람들과 함께할 방법 말이다.

사람들과 어울리기를 원하는 형이는 마을 골목을 깨끗이 청소하고 길에서 만나는 개와 고양이를 돌본다. 직접 그들이 먹을 간식을 만들고 남김없이 먹을 때까지 옆에서 기다린다. 형이는 동물들이 행복해하는 모습을 보는 걸 좋아한다. 그런 형이를 보고 있자면 마음이 뭉클해진다. 우리에게는 타인을 행복하게 하려는 본능이 있는지도 모른다.

나도 형이가 행복해지길 바라는 마음으로 오랫동안 언어 치료 수업을 해왔지만, 형이도 그렇게 느꼈는지는 알 수 없다. 일주일에 한 번 만나 과제를 주고 잘할 때까지 반복하는 지루한 수업이 자신을 위한 것이었다고 생각할까? 생각은 꼬리에 꼬리를 물고 이어지다 근원적인 질문과 만난다. 지금보다 발음이 나아지면 행복해질까, 형이는?

❧

발음이 명료하지만 행복하지 않은 사람은 많다. 세상으로부터 '너는 우리와 맞지 않는 사람, 쓸모없는 사람'이라는 메시지를 받은 사람들, 환영받지 못하거나 원하는 것을 할 수 없는 사람들이 그렇다. 적성에 안 맞는 입시 공부에 허덕이는 학생, 상사에게 괴롭힘당하는 직장인, 아이가 원하는 것을 해줄 수 없는 양육자, 세상의 변화를 거부하고 과거 속에서 살아가려는 노인이 행복하지 않다고 느낀다면, 그건 발음과 무관하다.

그러나 그들이 "공부를 못해도 너는 여전히 사랑스럽고 자랑스러운 아이야"라는 말을 듣는다면, "당신은 직장 동료로서 배울 점이 무척 많은 사람이에요", "항상 감사하고 존경하고 있어요", "당신의 헌신과 노력이 지금의 번영과 평화를 가져왔어요"와 같은 말을 듣는다면 행복을 느낄 수 있다. 가족과 공동체 안에서 자신의 가치를 인정받았기 때문이다.

행복해지려면 그 사람의 자리가 필요하다. 공동체에 기여

하고 인정받을 만한 일을 해내고 그럼으로써 스스로 필요한 존재라고 느낄 수 있어야 한다.

어쩌면 형이는 본능적으로 깨달았던 게 아닐까. 그래서 매일 골목길을 청소하는 게 아닐까. 사람들이 '형이는 정말 사람이 좋아. 모두를 위해 궂은일을 도맡아 하잖아. 어찌나 성실한지 매일 같은 시간에 나와 청소를 한다고. 우리도 형이한테 잘하자'라고 생각해주기를 바라면서. 형이는 자기 방식으로 자기 존재를 증명하고 있었다. 이 모든 건 형이의 '고집' 덕분이다.

우리가 했던 일은 반복일 때가 많았다. 아무리 연습해도 리을 발음이 자연스럽지 않았으므로 나는 한숨을 참지 못하며 "다시 해보자, 형아"를 반복했다. 형이는 안다. 그게 자기에게 실망한 사람들이 보이는 태도라는 것을. 그래서 금방 읽은 단어를 까먹었을 때, 내가 잠깐 쉬었다가 하자고 말하면 형이는 팔짱을 끼고 눈을 감곤 한다. 그건 거대한 셔터가 내려졌다는 뜻이다. 입을 앙다물고 눈을 꼭 감은 그는 돌하르방처럼 딱딱해진다. 사과를 해도 이미 늦었다. 그런 날은 남은 수업 시간 동안 이젠 어떡하지, 수업 방식을 바꾸어야 할 텐데, 내가 왜 그랬을까 후회만 하다가 끝난다.

형이는 어쩌면 내게 몇 번의 기회를 주었는지도 모른다. 그렇다면 지금의 태도는 그 기회를 눈치채지 못한 나에 대한 응징일 테다. 하지만 형이는 뒤끝이 없다. 일주일 후에 다시 만나면 아무렇지 않게 수업에 따라와준다.

형이는 자신이 싫어하는 요구를 단호히 거부하고 원하는 일을 꿋꿋이 고집할 줄 안다. 형이는 사람들의 부당한 시선을 받아들이지 않고 공동체에 필요한 행위를 해냄으로써 당당하게 공동체의 일원이 되었다.

이제는 길에서 열심히 청소하는 형이를 만나면 손을 흔들며 반갑다는 표시를 충분히 한다. 그런 다음 손목시계를 가리키며 제시간에 오라고 요구한다. 형이는 고개를 끄덕인다. 제때 가겠다는 뜻이라기보다는 자기가 일을 마칠 때까지 기다리라는 뜻에 가깝다. 형이가 집으로 곧장 돌아가는 일은 거의 없다. 머머이와 도도이를 찾아 골목을 돌아다닌다. 나는 먼저 가는 대신 형이 옆에 붙어 다니면서 손목시계를 가리키며 귀찮게 한다. 형이는 아량이 있는 사람이다. 타인의 괴로움을 덜어주려는 마음이 있으므로, 몇 번 내 눈치를 보다가 순순히 집으로 향한다. 열심히 손짓 발짓을 해가며 쾌활한 목소리로 오늘 있었던 일을 설명하면서.

함께 돌아오는 길에 많은 이야기를 듣는다. 발음은 우리 사이에 장벽이 되지 못한다. 나는 형이를 안다. 자기 자리를 지키는 사람은 말 없이도 많은 이야기를 전할 수 있다.

✱

고집 센 아이와 외로운 어른의 대화법

장애인복지센터 등에서 일하는 언어치료사들은 회의 자리에서 수업 내용을 공유하고 어떻게 하면 더 나은 방향으로 나아갈 수 있을지를 여타 분야의 선생님들과 논의한다. 도무지 놀이를 진행할 수 없는 아이의 사례를 보고하면서 놀이치료사 선생님에게 조언을 구하거나, 감각통합 치료사 선생님에게 특정 상동행동 을 줄일 방법에 관해 상의한다. 아이의 양육자에 관한 이야기도 빠지지 않는다. 양육자가 치료사의

목적 없이 반복하는 움직임으로, 반복적으로 소음을 내거나 몸을 흔들거나 손을 흔드는 행동 등이 있다.

조언을 실생활에 적용하는지, 가족 구성원이 역할을 적절하게 분담하고 있는지, 아이의 특성에 맞춰 적절한 자극을 주고 있는지 등을 확인한다.

"○○ 어머니는 아이의 상태에 관해 잘 모르시는 것 같아요. 어머니가 짐작하시는 것보다 아이의 언어 기능이 현저히 떨어진다는 점을 다시 한번 말씀드리고, 모방은 물론 발화 자체가 어려우니 일단 몸짓을 통한 상호작용부터 시작하시는 편이 좋겠습니다."

"◇◇ 아버지는 아이의 장애를 인정하지 않아요. 심한 자폐 성향을 보이는데도 여전히 미등록 상태를 유지하며 조금만 노력하면 '정상인'이 될 거로 말씀하십니다. 그래서 상담 때 장애라는 단어를 꺼내면 무척 화를 내세요. 현실을 객관적으로 판단하시게끔 돕는 게 우선일 듯합니다."

"□□ 어머니는 지치고 의지가 약해진 상태세요. 아이에 관해 이런저런 말씀을 드려도 마치 남 얘기하듯이 그러냐고 하실 뿐 별다른 반응이 없어요. 아이는 어머님의 적극적인 개입이 필요한 상태여서… 아이를 위해 함께 힘내보자고 독려하면서 집에서 해야 할 과제를 구체적으로 제시하고, 다음 상담 때 체크하며 어머니의 개입을 늘려가면 좋겠습니다."

그러다 보니 사례 회의에서는 자주 부모 교육의 중요성이 지적된다. 아이들이 치료사와 만나는 시간은 고작해야 일주일에 한두 시간이지만 양육자와는 오랜 시간 함께한다. 그만큼 아이들의 발달에 큰 영향을 미치므로, 아이의 상황을 부모님께 알리고 주의할 사항들, 피해야 할 대응과 발달을 촉진할 기법 등을 정리해서 말씀드려야 한다.

말 그대로 '부모 가르치기'이다 보니 개선해야 할 양육자의 부정적인 면이 많이 언급된다. 아이를 대할 때의 미숙한 부분이나 아이의 발달을 방해하는 대응과 인식을 지적하기도 하고, 아이를 방치하는 부모에 대한 대처를 고민하기도 한다. 이런 이야기를 나누다 보면 마음이 복잡해진다. 아이 입장에서 생각하면 비판받아 마땅하다고 여겨지다가도 부모 입장에서 생각하면 저 많은 일을 어떻게 해낼 수 있을지 걱정스럽다. 육아와 집안일, 생계에 지친 부모들에게 '부모 교육'을 받아들이고 실천할 에너지가 남아 있기나 할까. 치료 수업이 끝나고 상담을 하며 챙겨주셔야 할 것들을 말씀드리는 순간에도 이런 의문은 지워지지 않는다.

부모를 비롯한 양육자 입장에서도 치료사의 조언이 마냥 탐탁지만은 않다. 그래서 상담을 기피하거나 나이 어린 치료사들의 조언을 무시하는 분도 있다. 안 그래도 힘든데 이래라저래라 가르치려 드는 사람을 몇 명씩이나 만나는 일에는 인내심이 필요하다.

치료사에게는 부모님이 해야 할 일을 알려야 한다는 강박이 있다. 그래서 이렇게 해주세요, 저렇게 해주세요 하고 요청하는 일은 많지만, '지금도 충분히 잘하고 계시니 염려 마세요', '혼자서는 힘에 부치실 테니 도움을 줄 가까운 사람을 찾으세요', '지금껏 애쓰셨고 고생하셨어요. 가끔은 아이 문제에서 벗어나 자기만을 위한 시간을 가져보시는 건 어떨까요'라고 위로하는 일은 드물다.

그러나 좀 더 부모의 입장을 이해하고 지지를 보낼 수 있도록 노력해야 한다. '부모(특히 엄마)에게 책임 지우기'는 상황을 더 나쁘게 만들 수 있기 때문이다.

율이는 또래만큼은 아니지만 의사 표현이 충분히 가능한 어휘력을 갖추고 있고 문장 표현도 곧잘 하는 아이였다. 다만 무언가를 설명하거나 논리적인 말하기가 필요할 때 곤혹스러워했고, "요즘 어떻게 지내?", "학교 생활은 즐겁니?" 같은 다소 광범위한 질문은 자신 없어 하며 회피하는 듯한 인상을 받았다.

율이는 고집이 셌다. 뭐든 자기 마음대로 하려고 들고 맘에 안 들면 큰소리부터 냈다. 거실 탁자 앞에 앉아 수업을 하다 율이가 소리를 지르면 어디선가 불쑥 어머니가 나타났다. 재빨리 베란다 문을 잠근 어머니는 혹시 현관문이 열려 있지는 않은지 살펴보더니 우리 쪽을 잠시 바라보다가 다시 방으로 들어가셨다.

율이는 발음이 새는 데다 나이에 비해 목청이 커서 소리를 지르면 지나는 사람들이 일제히 돌아볼 정도였다. 토라진 율이를 달래기 위해 학교 운동장으로 야외 수업을 나갔다가 이를 실감했다. 율이는 굳이 혼자서 시소를 탔다. 놀러 나온 다른 아이들이 시소는 원래 둘이 타는 거니 자기들한테 자리를 양보해달라고 하자 운동장 반대편에서도 들릴 만큼 큰 소리로 몇 번을 싫다고 되받아쳤다. 귀를 막고 있던 아이들이 고개를 절레절레 흔들며 다른 곳으로 갔다. 아이들은 율이를 별난 아이로 여겼고 율이는 그걸 즐겼다.

"선생님, 웬만하면 학교에는 데리고 가지 마세요."

나는 그제야 수업 전에 들었던 율이 어머니의 당부가 떠올랐다. 하지만 학교 운동장에 있는 놀이기구를 타며 배울 수 있는 말들이 많았다. 그림을 보면서 "그네를 탔어요"라는 표현을 배우는 것보다 직접 그네를 타며 "그넷줄을 잡고 앞뒤로 몸을 움직여요"라는 구체적인 표현을 익히는 편이 더 효과적이었다. 한동안 그곳에서 놀이기구도 이용하고 공놀이도 했다. 집으로 돌아와서 율이에게 오늘 촬영한 영상을 보면서 학교까지 어떻게 갔고 그곳에서 무엇을 했는지 다시 물어 보았다.

상담 시간에 어머니께 활동 내용을 설명드리자 탐탁지 않아 했다. 보호자의 의견을 무시할 수는 없는 일이었다. 다음부터는 장소를 옮기겠다고 말씀은 드렸지만 어머니가 율이를 과도하게 통제하고 있다는 인상을 지울 수는 없었다.

율이는 집에 손님이 오면 가지고 놀던 장난감을 모조리 거두어 제 방으로 들어갔다. 어머니는 율이에게 엄한 목소리로 당부했다. 웬만하면 밖으로 나오지 말 것. 필요한 게 있으면 조용히 문을 두드릴 것. 손님들이 가실 때까지 말 잘 듣고 있으면 냉장고에 있는 아이스크림이랑 과자를 먹을 수 있으니 꼭 참을 것.

함께 외출할 일이 있으면 어머니는 율이에게 단단히 주의를 주었다. 절대 사람들 앞에서 큰 소리로 말하지 말고 하고 싶은 말이 있으면 조용히 엄마한테 속삭일 것. 길을 가다 아는 사람을 만나더라도 절대 먼저 아는 척하지 말 것. 특히 가로수를 발로 차거나 쓰레기통 안에 있는 물건 함부로 만지지

말 것. 손을 크게 휘젓거나 뛰지 말고 조용히 엄마 뒤에 붙어
다닐 것. 다른 아이들처럼 천천히 반듯하게 걸을 것.

사람들의 시선이 신경 쓰이는 율이 어머니는 율이의 행동
하나하나에 신경을 곤두세우며 통제하려 한다. 율이가 친구
들에게 소리를 지를 때, 베란다 창문으로 흙을 뿌려서 민원
이 들어올 때 율이를 혼내며 '동네 창피해서', '남 보기 부끄
러워서' 같은 말을 한다.

율이는 자신을 부끄러워하는 엄마에게 어떻게 해야 할지
모른다. 금지하는 사람과는 싸울 수 있지만 자신을 부끄러워
하는 사람과는 그럴 수 없다. 극복할 수도 없다. 엄마의 말을
받아들이면 율이는 부끄럽고 창피한 사람이 된다. 부정하면
율이는 엄마의 감정을 인정하지 않는 나쁜 아이가 된다. 율
이는 이러지도 저러지도 못한다.

♣

율이 어머니는 왜 그렇게 엄격하고 남들의 시선에 불안해
할까. 서로 사랑하면서도 어긋나고 있는 율이와 어머니를 위
해, 어머니의 마음을 찬찬히 돌아봐야 했다.

늦은 나이에 종갓집 큰아들과 결혼한 율이 어머니는 율이

를 낳은 후 많은 사람으로부터 비난을 받았다고 한다. 처음
에는 '애가 좀 늦되네?' 하던 사람들이 율이의 증상이 명확해
진 후에는 너나 할 것 없이 한마디씩 했다. 그렇게 왜 임신 기
간 중에 일을 쉬지 않았느냐, 모유를 안 먹여서 그런 게 아니
냐, 엄마 나이가 많아서 그렇다 등 맹목적인 비난은 물론 불
쌍해서 어떡하냐는 동정과 앞으로 평생을 부족한 아이를 돌
보며 고생스럽게 살 거라는 저주에 가까운 말을 만날 때마다
들었다. 그 비난들을 감내하며 자책과 수치심을 키워오다가,
더는 견딜 수 없는 지경에 이르자 율이 어머니는 결심했다.
이러다간 내가 죽겠다. 다시는 남의 말을 듣지 않겠다. 하나
도 도움이 안 되는 말들 때문에 왜 내가 괴로워해야 하나. 율
이는 내가 알아서 키운다.

그 후 율이 어머니는 율이를 청소년소아 신경정신과에 데
려가 발달검사를 받았다. 지적장애 판정을 받던 순간에도 아
이 앞에서 눈물을 보이지 않으려 꾹 참고 동사무소에 들러
복지 카드를 신청하고 이어서 복지관에 언어치료와 인지치
료를 신청했다.

율이 어머니가 '결심'하자 율이 아버지도 마음을 바꾸었
다. 남들의 비난으로부터 아내와 자식을 지켜주지 못해 늘
미안한 마음이 있었던 그는 비로소 자기도 무언가를 해야 하

는 때가 왔음을 깨달았다. 그래서 아들의 장애 등록 후에는 일주일에 한 번은 꼭 율이를 차에 태우고 나가 '세상 구경'을 시켜주기로 했다. 함께 있는 동안 만큼은 아버지가 든든하게 네 삶을 지켜주겠노라 마음먹었다.

남들의 말에 깊은 상처를 입고 자책하던 율이 어머니에게 필요한 것은, 자신이 받은 상처를 아이에게 전가하지 않는 것이다. 나는 어머님께 다음 세 가지만은 꼭 지켜달라고 당부드렸다.

첫 번째는 부끄럽다, 창피하다라는 말을 쓰지 않는 것이다. 특히 버릇처럼 나오는 '내가 정말 동네 창피해서'라는 표현을 조심해야 한다고 말씀드렸다. 아이를 부끄러워하는 어른의 태도는 아이에게 수치심을 심어준다. 나를 부정적으로 바라보는 부모의 마음은 눈빛과 표정과 말투를 타고 아이의 내면에 차곡차곡 쌓인다. 그리고 곧 자기혐오의 문장으로 변해 내면의 목소리로 자리 잡는다. 매일 아침부터 잠드는 순간까지, 때로 잠든 이후에도 아이를 병들게 한다. "넌, 부끄러운 아이야. 세상에 너를 좋아하는 사람은 없어. 넌 사람들을 속상하게 하고 힘들게 할 뿐이야. 가치 없는 애, 아무것도 아닌 애야. 그러니까 그만 사라져버려!"

두 번째는 율이에게 해야 할 일, 하지 말아야 할 일을 지시할 때는 꼭 합리적인 이유와 함께 명확히 이야기해달라는 것이다. 손님이 왔을 때 율이가 장난감을 정리해야 하는 것은 엄마가 자기를 부끄럽게 여겨서가 아니라 율이가 자기 방에 있어야 편하게 놀 수 있기 때문이고, 길에서 쓰레기통을 뒤지면 안 되는 이유는 사람들의 이목을 끌기 때문이 아니라 더러운 세균이 손에 묻어 감기에 걸리기 때문이라는 점을 아이가 알도록 차근차근 말해주어야 한다.

세 번째는 율이 어머니가 생각하시는 것보다 율이가 훌륭한 아이임을 알아달라는 것이다. 정말 그렇다. 율이는 눈치가 없고 목소리가 크고 수업에 집중하지 못하고 언어치료사 선생님과 쓰기 연습을 하거나 재미도 없는 퀴즈 풀이를 하는 걸 정말 싫어하지만, 못마땅한 듯 자신을 바라보는 타인의 시선에 개의치 않는다. 세상이 자신을 부끄러워한다고 해도, 무시하고 거부하고 혐오의 말로 자신을 규정한다고 해도 움츠러들지 않고, 자신이 힘든 순간에도 엄마의 마음을 살필 줄 아는 아이다.

타인의 부당한 시선을 받아들이지 않을 것, 지금 자신의 요구에 충실할 것, 사랑하는 사람을 사랑할 것. 이를 의연하게 해내고 있는 율이는 칭찬받아야 한다.

그리고 마지막으로, 그동안 정말 많이 애쓰셨다고, 감사하다고 말씀드렸다. 앞으로 더 많은 지지를 받아야 할 사람은 율이뿐만이 아니다. 율이 어머니는 그동안 기울였던 노력을 충분히 이해받고 인정받아야 한다. 그동안 잘해왔고, 이제 우리가 함께하겠다는 말을 들어야 한다.

넌 정말 괜찮은 사람이야

아이는 자라서 어른이 된다. 그 사이, 청소년기가 있다. 내가 아는 청소년기는 복잡한 마음이다. 갈등하는 마음이고 슬프고 비장하면서도 이유 없이 들뜬 마음이다. 의존과 독립, 사랑과 미움, 과거와 미래, 만남과 이별처럼 병립 불가한 많은 것들을 품고 사는 마음이다. 세상 모든 것이 궁금하고 이해할 수 없었으며 그 안에 놓인 나라는 사람을 어떻게 사랑해야 할지 그 방법을 찾던 시기. 그래서 나는 청소년기의 아이들에게 자꾸 마음이 간다. 그들이 겪고 있을 일이 마치 나의 것처럼 느껴지고 내가 느꼈던 과거의 일들이 그들에게 현재진행형일지도 모른다는 착각 속에서 잠시 그 격렬했으나 고요했던 삶의 순간들을 다시금 마주한다.

어쩌면 그때 풀지 못했던 수수께끼가 자꾸만 나를 향해 손짓하기 때문인지도 모르겠다. 이를테면 왜 삶은 영원하지 않은가, 언젠가 이별이 오리라는 걸 알면서도 우리는 왜 다시 만나고 사랑하는가, 같은. 그 시절 일기장에나 적혀 있을 법한 질문들에 대해 나는 여전히 진지하다.

답이 없는 질문이라서 더 집착하는지도 모르겠다. 하지만 나는 그런 생각을 하는 시간이 좋다. 그래서 새삼 날이 좋거나 갑자기 비라도 내리는 날이면 창문 밖을 멍하니 바라보게 된다. 한때 열일곱 청소년이었던 세이도 그럴는지 모른다. 우리가 함께했던 시간을 떠올리며 아쉬워하거나 그리워하면서.

세이와의 기억은 농구 골대 아래에서 시작한다.

여름이 오기 전인 6월의 초입, 시립 종합운동장 농구 코트에는 두 사람이 있다. 교복 셔츠 소매를 걷어 올린 한 사람이 몸을 이쪽저쪽으로 움직이며 상대를 방어하는 중이다. 또 한 사람은 그런 그가 잘 들을 수 있도록 "오른쪽", "왼쪽"이라고 큰 소리로 말하며 공을 튀기고 있다. 상대편이 한눈을 판 사이 교복을 입은 아이가 공을 빼앗아 외곽으로 빠지더니 먼발

치에서 슛을 날린다. 고등학교 1학년생인 세이는 능숙하게 공을 다룰 줄 안다.

30분의 시간은 금세 흘렀다. 나는 매점에서 이온 음료를 사 와 세이에게 건넸다. 굵은 땀방울. 고마워요, 하는 눈빛. 차오르는 숨을 다스리고 기분 좋은 피로감을 느끼며 돌아가는 길은 학교 수업을 마치고 돌아가는 또래 아이들로 북적였다. 세이는 오늘도 내 뒤로 몸을 숨겼다.

세이는 표정이 어둡고 말이 없다. 밖에 나갈 때는 모자를 푹 눌러 쓰고 그늘에 눈을 숨긴 채 걷는다. 다른 아이들이 자신을 '장애인' 혹은 '다운증후군'이라고 부른다는 걸 알기 때문이다. 또래들과 다르게 생긴, 멀리서 보아도 차이가 확연한 얼굴을 그들이 알아보지 못하게 하고 싶다. 그들이 말을 붙여오면 잔뜩 긴장해 최대한 또박또박 말하려 노력해야 하고, 그런다고 해도 자기 말이 온전히 전달될 가능성이 없다는 걸 알기 때문이다.

학창 시절, 나는 친구들과 운동장에서 함께 땀 흘리며 농구를 하는 게 좋았다. 공을 이리저리 넘기고 다시 그 공을 받아 골대를 향해 던질 때의 기분 좋은 전율, 숨이 턱 끝까지 차올라 헉헉거리는 아이들과 눈을 마주하며 이유 없이 웃음 지을 때 찾아오던 안도감, 우리가 함께 성장하고 있다는 연결

감, 그렇지만 사실은 저마다 외로워하고 있을 거라는 예감. 그런 것들을 우리의 몸짓 속에서 확인하던 순간들을 기억한다. 세이에게도 그런 추억이 있었으면 좋겠다.

"세이야, 괜찮아. 쟤들도 너랑 농구하고 싶어서 그러는 거야"라고 말해보지만 세이는 대답이 없다. 그가 받았을 상처를 먼저 이해해야 했다. 나의 기억과 세이의 기억은 산과 바다처럼 다를 테지만, 그럼에도 나는 세이가 먼저 손을 내밀기를 바랐다. 움츠러들지 않았으면, 세상과 담을 쌓지 않았으면 좋겠다고. 만약 네가 다른 아이들처럼 유창하게 말할 수 없어서 그런 것이라면, 함께 노력하자고, 그래서 너도 친구들과 좋았던 시간을 오래도록 추억으로 간직할 수 있었으면 좋겠다고 말하고 싶었다.

한편으로는 그 시절 내가 어른들에게 기대했던 말들을 지금 세이에게 들려주어야 하는 건 아닐까 하는 고민도 있었다. 그러나 우리의 만남은 '목적'을 배제할 수 없는 성격의 것이었다. 나는 장애인복지관에 소속되어 치료 수당을 받아 생계를 유지하는 언어치료사고, 그는 차상위계층으로 분류되어 수업료 일부를 지원받는 발달장애 다운증후군 고등학생이다. 보호자인 부모님은 세이가 국가에서 지원하는 치료 서비스를 받아서 지금보다 조금이라도 언어 능력이 향상되기를 바랐다. 치료의 한계를 잘 알고 계셨고 단기간에 큰 성과를 바라는 분들이 아니었다 하더라도 기대가 없었다고는 할 수 없다.

세이도 의욕을 보였다. 문장 이해력이나 어휘가 눈에 띄게 늘었다. 무엇보다도 그의 눈빛은 나를 믿고 따라오는 사람의 그것이었다. 그때 우리는 무척이나 행복했다. 세이는 믿을 만한 사람을 만났다는 듯이 내게 마음을 열었다. 그러다 어느 순간 정점을 지났다.

치료 수업에는 기승전결이 있다. 초기는 서로를 탐색하며 친밀감을 형성하는 시기다. 관계 형성이 잘되면 아이들은 호기심을 보이고 치료사의 언어를 스펀지처럼 빨아들인다. 긍정적인 변화가 생기면서 치료사 역시 한껏 고무된다. 그렇게 함께 앞으로 나아가다 보면 어느새 내리막길을 만난다. 세이도 한동안 자신의 잠재력을 한껏 발휘해주었지만, 시간이 지날수록 초기와 달리 눈에 띄는 성취는 줄어들 수밖에 없고, 수업은 점점 지지부진해졌다. 매번 같은 일을 반복하고 있다는 착각이 들었다. 세이의 반응은 예전 같지 않았고 얼굴에 냉소가 비치기까지 했다. '이렇게 될 줄 알았어. 어른들은 다 똑같아.' 종결 시점이 다가오고 있었다.

세이가 좋아하는 농구를 하면서 복문장 익히기를 연습하

던 어느 날, 나는 다음과 같이 말하며 목표 문장을 요구했다.

"공을 튀기면서 뒤로 물러서요."

"몸을 숙였다가 고개를 들면서 공을 던져요."

"세이야, 지금 선생님이 한 말을 따라 하면서 그대로 동작을 취해보세요."

그러나 세이는 침울한 표정으로 농구공을 잡은 채 발아래만 내려다볼 뿐이었다. 한 번 더 따라 해보라고 요구하면서도 내심 마음이 무거웠다. 내 앞에서 농구 실력을 뽐내고 싶어 하는 이 아이에게 지금 정확한 문장을 하라고 요구하는 게 맞나, 그저 신나게 농구를 하고 수돗가에서 땀을 씻으며 웃고 떠들며 집으로 돌아갔어야 하는 건 아닌가 하는 마음이 없지는 않았다. 한동안 어색한 침묵이 흘렀고 세이는 못이기는 척 요구받은 표현을 했지만, 우리 관계에 균열이 생기기 시작했음을 느낄 수 있었다.

열일곱 살의 세이는 인정을 원했다. 그리고 그 바람은 자주 좌절되었다. '나 잘했어요?'는 청소년기 아이들의 끊임없는 질문이자 요구다. 어른들 눈에 들고 싶어 하고 그들의 인정을 받기 위해 자기를 계발한다. 하지만 많은 경우 어른들은 자기들만의 잣대로 아이들을 판단하고, 아이들의 성취에도 더 높은 곳을 가리킨다. 그렇게 아이들의 인정 투쟁은 한

쪽이 지치는 것으로 끝나곤 한다. 인정에 목마른 아이들은 어른이 되어서도 끊임없이 타인의 시선과 인정을 갈구한다. 채워지지 않은 결핍 때문이라기보다는 인정받지 않아도 괜찮다는 말을 들어본 적이 없기 때문이다.

우리 사회는 아이들을 좀처럼 인정해주지 않는다. 아이들은 말을 잘 들어야, 학원 수업에 빠지지 않아야, 그래서 남들보다 시험을 잘 봐야 인정받을 수 있다. 공부가 아니더라도 무엇이든 눈에 띄는 남다른 성취로 증명해내야 한다. 그러다 보니 소수만이 성취할 수 있는 과제일수록 더 많은 사람이 선호하는 이상한 일이 생긴다.

모두에게 고통을 주는 이러한 조건은 세이 같은 장애인에게 특히 가혹하다. 아무리 노력해도 돌아오는 것은 의문의 시선, 동정의 눈길, '그게 아니지' 하는 지적이 대부분이다. 인정받으려면 자신이 '수정'되어야 한다는 메시지를 받는다.

그가 믿고 따랐던 어른으로서 나는 세이에게 나는 "넌 정말 괜찮은 사람이야"라고 말해주었어야 한다. "세이 넌, 지금도 충분히 훌륭해"라는, 열일곱 청소년이 가장 바랐던 말을 자주 들려주었어야 했다. 그랬다면 세이는 세상이 자기 앞에 그어놓은 조건을 뛰어넘을 용기를 조금은 얻을 수 있지 않았을까.

✤

우리가 서로의 약점에 의지한다면

"선생님, 저 어제 시장에 갔었어요. 이번에는 아빠랑 갔는데 지난번에는 할머니랑 갔고 앞으로는 안 갈 거예요. 선생님은 뭐 했어요."

"그랬구나. 나는 어제 집에서 짜장면 먹었어. 테레비 보면서."

"근데 선생님, 언제 끝나요. 오늘 나들이를 갔다 왔는데 나만 갔어요. 다른 애들은 쉬고 있었어요. 선생님, 이거 끝나고 집에 가면 뭐 해요."

"집에 가기 전에 너랑《토끼와 거북이》마저 읽을 거야. 네가 다 읽고 나면 가방을 싸서 복지관에 들렀다가 다음에 설이랑 뭐 할까 생각하면서 집에 갈 거야."

"그런데요. 나는 카레를 먹을 때 당근을 골라내요. 맛이 없어요. 엄마가 맛이 없다고 뱉으면 안 되고 꼭꼭 씹어 먹으라고 하는데, 선생님은 내일 뭐 먹어요….”

"저기… 설이야. 벌써 두 시 반이야. 이제 겨우 십 분밖에 안 남았다고.”

설이는 끊임없이 말한다. 대부분 사소한 일상 이야기라서 준비한 수업을 진행해야 하는 치료사로서 난감할 때가 많다. 어쩌면 그저 반가워서 그럴지도 모른다. 어제 시장에 갔고 카레에서 당근을 골라냈다는 말을 할 만한 사람이 주변에 없는 걸까? 하지만 주간보호센터에는 다른 선생님도 많다. 그런데 왜 하필 내게만, 그것도 수업 시간에 시시콜콜한 일들을 끊임없이 말하는 걸까.

설이는 아침에 학교에 다녀와 5시까지 주간보호센터에 머물다 집에 갈 때까지 내내 휠체어에 앉아 있다. 발달 이상으로 척추 근육이 약해 수시로 고개를 떨구면서도 굴하지 않고 계속 입을 연다. 수업을 마치고 내가 가방을 주섬주섬 쌀 때면 창틈으로 날아든 나비라도 보는 듯한 눈으로 나를 한참이나 바라본다. 약간의 안타까움과 약간의 미안함. 우리는 금세 잊힐 대화를 나누었으므로 잊기 전에 다시 만나야 한다는 다짐을 하는 동안 설이가 등 뒤에서 말한다. "선생님, 잘 가요. 잘 가요.”

나는 설이와 함께 있는 게 좋다. 하지만 설이도 그런지는 알 수 없다. 한참 이야기를 하고 나서 설이는 내 표정을 살핀다. 나 역시 그런 설이를 의식하게 된다. "선생님은 설이와 이야기할 수 있어서 좋아. 설이는 선생님이 만나는 아이들 중에서도 특별히 말을 많이 하는 아이야"라고 말해준다면 설이의 마음이 편해지겠지만, 어쩐지 그렇게 말할 수 없다.

나는 치료사로서 설이의 결함을 확인하고 싶다. 어휘가 제한적이지는 않은지, 문장에 오류는 없는지, 호흡과 발성은 어떤지, 조음에 오류는 없는지 등등. 내가 아는 대부분의 뇌병변 장애 아이들은 언어 이해에 어려움을 보이거나 표현이 제한적이거나 최소한 발음이 어눌했다. 그런데 설이에게서는 이런 문제를 짚어낼 수 없었다.

설이 어머니의 생각은 달랐다. 설이는 표현이 많지 않은 아이다. 평소 입을 잘 열지 않았고 말을 한다고 해도 뜬금없는 내용일 때가 많아 상대가 그 의도를 알아차리기 어렵다. 어머니는 설이와 대화다운 대화를 나누고 싶다고 하신다.

무언가 놓친 게 분명했다. 곧바로 검사 도구로 아이의 언어를 면밀히 평가했다. 결과는 또래와 1년가량 차이가 나는 경도의 언어발달지연 상태였다. 모호했던 치료 방향이 분명해졌지만, 기분이 묘했다.

검사로 문제를 확인하고 나니 설이를 다시 보게 되었다.

설이는 같은 말을 되풀이하는 버릇이 있었고 맥락에 맞지 않는 말로 상대의 질문을 회피했다. 이는 말의 사용 측면에서 도움을 받아야 함을 뜻했다. 아이에게 문제가 있다는 검사 결과에 안도하는 나를 보면서 의구심이 들었다. 왜 이런 결과에 안타까워하는 대신 안도하는 걸까. 문득 깨달았다. 이 아이가 말을 잘하면 나는 할 일이 없다. 나는 이 아이의 결함에 의존하고 있다.

🍀

내가 돕는다고 생각하다가 거꾸로 그 사람의 도움을 받고 있음을 알아차리게 될 때가 있다. 어른과 아이의 관계가 그렇다. 아이들이 어른들에게 일방적으로 의지하는 것처럼 보이지만 사실은 어른도 아이에게 의지한다. 그래서 아이가 성장을 거듭할 때마다 대견스럽다가도 한편으론 서운하다. 이 아이와 함께했던 시간이 지나가는 게 안타깝다. 한때 나를 전부라 여겼을 존재에 대한 애틋함, 나라는 사람을 믿고 의지해준 데 대한 고마움 때문인지도 모른다.

어른들은 정서적으로 아이들에게 의지한다. 어리고 미숙한 아이들은 그 자체로 삶이 더 나아질 거라는 희망이 된다.

"엄마 아빠 때문에 살아요"라고 말하는 아이들보다 "너 때문에 산다"고 말하는 부모가 훨씬 많은 것도 그래서가 아닐까. 아이들은 고마워할 줄 알고 기뻐할 줄 안다. 어른들은 기꺼이 아이들에게 헌신하며 희망을 키운다. 아이들 덕분에 좋은 어른이 될 기회가 생긴다.

언어장애가 있는 아이를 데리고 치료실을 찾는 보호자들은 치료사에게 '잘 부탁드린다'는 말씀을 꼭 하신다. 하지만 정작 잘 부탁드려야 할 사람은 나다. 이 아이들이 아니면 나는 이곳에 있을 수 없다.

아이들에게 내가 얼마나 의지해왔는지는 수업 종결 시점에 잘 드러난다. 단순 조음(발음) 이상으로 찾아온 한 아이는 발성이 약하고 말을 알아들을 수 없을 정도로 발음이 좋지 않았다. 다행히 3개월쯤 지나면서부터 눈에 띄게 좋아지더니 1년쯤 되자 검사 결과 정상 발달 범주에 속하는 발전을 보였다. 나로선 처음 겪는 상황이어서 기쁜 일인데도 어리둥절했다. 많은 아이가 다른 장애가 있었기에 길게는 10년이 넘도록 한 아이와 수업을 하는 경우가 많았던 탓이다.

매번 달라진 모습으로 내게 용기와 위안을 준 이 아이와 도무지 헤어질 마음이 생기지 않았다. 그래서 수업을 마무리할 생각은커녕 더 재미있는 시간을 보낼 방법을 고민했다.

어떻게 하면 이 아이를 기쁘게 해줄 수 있을까? 뽀로로와 변신 로봇 또봇 중에서 무얼 좋아할까? 이런저런 핑계를 들어 보호자분께 수업을 연장해보시라고 말해볼까 생각도 해보았다. 그 순간 내가 이별의 순간을 유예하고 있음을, 그동안 이 아이에게 심정적으로 의지해왔음을 알게 되었다.

이 아이 덕분에 지금 하는 일에 확신을 얻었고, 나 자신을 쓸모 있는 사람이라고 여기며 위로받고 있었다. 그래서 아이를 계속 붙잡고 싶었다. 하지만 이별이야말로 내가 해줄 수 있는 최고의 보답이라는 사실을 받아들여야 했다.

설이와는 화용과 담화 중심으로 언어 활동을 했다. 화용이란 말의 쓰임새를 말한다. 상황에 걸맞은 대화를 하는 것은 물론 중간에 말을 쉬거나, '그런데요' 하면서 자연스럽게 대화를 시작하거나 화제를 바꾸는 것 등이 여기에 해당한다. 담화란 '이야기'를 말한다. 문장을 자유롭게 사용할 줄 아는 아이도 긴 이야기를 할 때면 중구난방일 때가 많다. 담화 능력이 부족하기 때문이다. 그래서 설이에게 이솝우화를 들려주고 이야기의 핵심을 파악하여 시간의 흐름과 사건의 전개

(기승전결)에 맞춰 다시 말하는 연습을 시켰다.

여전히 설이는 치료실에 들어서자마자 그동안 있었던 소소한 일들을 줄줄이 이야기한다. 그것으로 설이는 오늘 하루 내게 해야 할 말들을 남김없이 해냈는지 모른다. 그렇다면 설이는 칭찬받아 마땅하다. 나는 "참 잘했어요" 하고 칭찬한 후에 준비한 수업을 시작한다.

"오늘은 나도 들려줄 이야기가 있단다. 바로 '브레멘 음악대'야. 내가 처음부터 끝까지 한번 말해줄 테니 설이 네가 한번 더 요약해서 말하는 거다. 옛날옛날에 늙은 당나귀가 살았습니다…."

설이는 당나귀가 연주자가 되겠다는 꿈을 안고 브레멘으로 향하는 일과 그 과정에서 만날 동물들의 이름 등을 기억해야 한다. 그러고 나서 내게 줄거리를 정리해서 조리 있게 말해주어야 한다. 그러려면 쓸모없어진 사냥개, 쥐를 잡지 못하는 고양이, 곧 잡아먹힐 운명에 처한 닭이 주인공이라는 것을 알아야 한다. 나는 설이에게 이 유쾌한 동화 속 주인공들이 하나씩은 결함을 갖고 있음에도 서로 도우며 행복하게 살아간다는 점을 꼭 말해주고 싶다. 서로 의지하며 살아가는 것 자체가 아름다움이자 우리 삶의 중요한 가치라는, 설이도 언젠가는 깨닫게 될 교훈과 함께 말이다.

마음을 알아주는 마음

1판 1쇄 발행 2024년 5월 3일

지은이 · 김지호
펴낸이 · 주연선

(주)은행나무
04035 서울특별시 마포구 양화로11길 54
전화 · 02)3143-0651~3 | 팩스 · 02)3143-0654
신고번호 · 제 1997—000168호(1997. 12. 12)
www.ehbook.co.kr
ehbook@ehbook.co.kr

ISBN 979-11-6737-420-2 (03810)